INK

文學叢書

157

時光倒影

周志文◎著

目次

輯二／詩

輯三／故事

輯四／書及其他

輯五／**時光**

序一

龔鵬程

爲人作序跋，乃大苦事。敘交情、說友誼，不惟與讀者了無關涉，往往也跟要推介的書籍內容無關。若是誇譽作者，以供讀其書者知人論世，亦輒令人懷疑是拐了彎在罵人。古代不是有個故事說了嗎？某位仁兄喜歡作詩，某日將詩稿送請某公品題。該先生仔細看了，說道：「你是個好人。」這仁兄忙問：「我是請教我這詩怎麼樣？」某公說：「你若不作詩，更好！」替人寫序，而大談作者是個好人，無乃類此，擺明了就是說作品沒啥可說的啦！而不幸，大多數人之文稿，其實都沒什麼可說的。要勉強胡謅一些場面話，哄住作者，讓他以爲你在替他鳴鑼喝道，固然不難；萬一把讀者也瞞過了，眞掏錢買了一本爛書回去，豈非罪過？屆時他不怪那渾蛋的作者，反而常會埋怨是寫序的人糊塗，胡亂推薦。

我曾替周志文寫過好幾本書的序，卻沒經歷過什麼苦況。大抵文章送來，先睹爲快。讀畢即有若干感受盤薄積鬱，欲借紙筆一吐之。故縱筆放言，俄頃而成，不亦快哉。料想其他讀者亦與我同懷共感，是以也不必考慮什麼措辭的問題。

因此這本《時光倒影》交給我寫序時，我亦如往常一般，隨手插入行囊中，帶在旅途上。心想：略看看，序馬上就可寫好了。

不想，稿子在旅中愈看心情愈沉重，漸漸擔心起這位老友來了。他本來就是個靜僻的人，這本文集更顯得他近年孤寂可念。書分五輯，第一輯乃是人物，可是各篇裡所談的全是古人。其他各輯中，老實說也極少與人交往的記錄。偶誌一二，亦多是慨嘆語，或藉以興懷。這是一種心境的顯示。世乏可與語者，又無什麼人物典型足供景從，故他只好尚友古人，講些徐青藤、柳敬亭的故事，聊以銷憂。

此書的第三輯是故事，第四輯是書及其他。其寫作型態大抵亦與第一輯類似，講些書上或書外的故事，藉以諷世感懷。就是第二集論詩歌、第五輯誌時光，我看也不乏此種味道。整個情調是回溯既往，沉浸於故人舊事中。取名「時光倒影」，大概也就是表達此等心情。在時光之流的河畔，撿拾一兩片風景倒影，令我想起一句古詩：「更無人可語，只有月堪親。」那些時光之流的花月風景，經他拈出，固然都頗爲可觀，足供咨嗟嘆賞，但老友而今心境如此，殊令我憂也。

當然，在我們這樣的時代中，恐怕也很難不有此心境。他曾引龔定庵詩說：「猿鶴驚心悲皓月，魚龍得意舞高秋。」在魚龍曼衍，山魈木客猖狂的時代，我輩自將如猿鳥般驚心了。所幸周志文的態度倒還不是悲，似乎也談不上憤。他只是臨流而觀，在倒影中回味人生、歷史、世情變化，從而於其中發出一點點喟嘆、講一兩句悟理的話而已。

因此他的筆調是冷的、態度是靜的，無聲色喧譁之容，亦無跌宕慷慨的事蹟點染穿插於其中。他講一個人、一棵樹，常用史家或植物學家的敘述法，說某人爲某郡某邑人，年齒爵秩如何，該花木爲什麼科什麼本，藥用食用功能爲何等等。這都是冷的寫法，要讓人以爲敘述者於此淡然莫介乎懷。其實若眞不介懷，不掛念那歷史上某個人、山巔某一株樹，又何必考爵里而敘花木之身世哉？他論史、敘事、說理，也全都是如此。可是一種態度仍會由此顯露出來，讀之便不難知道他在乎什麼、想說什麼。

但此等靜淡的風格，未必能爲時流所重；他想說的一些道理，或許一般讀者也不易體會。故整個文集，頗似獨白，臨流抒感，自吟自嘆。

他的知識結構中，晚明是非常重要的一部分。這一點，相信只要翻翻這本文集，每個人都能輕易地發現。但他的精神狀態，實大異於王陽明，也不類李卓吾、袁中郎、張岱、徐渭。他無狂者氣象，卻有狷退之風格；而文章沉吟自賞的韻致，亦與晚明小品頗不相同。對此，我雖極爲欣賞，可又甚爲自責：是近兩年我雲遊禹甸，害他少了對話的人，以致生命缺少激揚，時光之流也就少了浪花，河流中的倒景才會這麼靜，沒有縠紋蜃光與幻影濁波吧！

這不像序，倒像私人的感懷。臨文懷遠，故寫得亂了。不過，這也無妨，且由此進而論其文。

志文談晚明，嘗曰：「晚明文人強調個性，喜標性靈，其優點在言人所未言，其缺點則在露才炫奇，語不驚人死不休。」晚明小品，乃現代散文之祖禰，因此現代散文的基本寫法也是炫奇以張揚個性。要藉特殊的題材、特殊的構句方式來抒情誌感，以見性情。如此露才炫奇，一方面是令文章缺了深遠平淡之趣；一是性情太半未經思慮之凝攝及書卷之烹煉，以致性而不靈，等而下焉者，乃以身體欲望書寫爲能事；又一則是縱有思慮，亦往往刻意好奇，立異鳴高。

此不僅中國是如此，你就看現代散文的另一源，英國古典散文，亦往往如是。名家如蘭姆，講讀書，竟說休謨、吉朋、馬爾薩斯《人口論》、亞當史密斯《原富》等皆不可讀，把它們看成跟日曆、法規、跳棋棋盤一樣的東西，謂排除這些之後，世上之書固無不可讀也。

此類妙論，實即謬論。此言說出，自然立時便可見得此翁之性情，文章亦紆縱作勢，頗見文姿。但這足堪效法嗎？明人喜歡說春日宜讀何書、夏日又宜讀何書，或月夜宜讀何書、對什麼友，冬雪又宜如何如何。或說浴桃宜少婦、浴梅宜美婢、浴菊宜俊童之類話。話都要故意講得漂亮，但浴梅浴菊事實上只是澆花，灑點水罷了，何須如斯作態？不幸家中美婢遣嫁、少婦老醜，遂令花樹枯死乎？故此皆不中情理者也。然而散文一道，在現代就偏要如此，否則大家便彷彿不視之爲散文了。

志文針對這點有所批評，亦即可見他的文學趣味大與俗異。他本人雖個性孤涼，可是應世諧俗，最善作滑稽語，有時竟稱得上是語妙天下的人物，何況他精熟晚明那類冷語、俊語、雋語、放曠語、機鋒語，要在文章中掉弄齒舌，以矜智巧，可說一點也不難。但這裡所收的七十篇短文，卻不是此等風格，而是上文所說流俗風氣之反面：平淡深遠，有書卷烹煉及思慮凝攝，且不立異鳴高的。

他論人，談文天祥、史可法、左宗棠、章太炎、馬伏波；談詩，論李杜、朱熹、龔定庵；講故事，說喝酒品茗吃糖炒栗子；讀書籍，言國學西學烏托邦呻吟語；感時光，則云春茶秋叢上元重九。都不是就畸人異事、奇聞怪談方面入手，可是雋永深遠，寓於平淡之中。本來，正經講點道理、談些對人情世故的體會，是我們寫文章的人所最該做的。但這其實甚難。文家之立異炫奇，泰半亦由於要取巧。志文在此，看來恰是認眞的，故其中多心得語、本色語，跟明末文人之獨抒性靈頗不相同。

但志文之性情亦不因此便隱晦起來，反而因這些文章而顯得格外溫厚。他娓娓道來的，乃是他讀書讀世的一些體會，例如論呂坤而說名利之假象需得打破，論馬克白而說人不可如鐘擺在兩邊擺盪，坐車而想到杜甫的病馬，說雖面對廢物亦應有不捨之情……等等。這都使得他貌若隱遁，不干庶務，而實對此世仍甚執著，不是佛家道家式的人物。可是，他又不是老婆心切，一時熱乎起來就要摩頂放踵去做什麼的人，就連孔子那樣栖栖遑遑也不，所以我說他靜，有狷退之風格。熱而不太熱，故溫厚，與世有情。此等人，卻又崇信自由主義、重視個我意識，是以又不是與世不隔的。

他與別人的隔，包括他不喜歡跟別人談自己的作品，審美體味又常非他人所能了解。他有時也會對人說解一番，但常選擇默然，只在文章裡寫寫；或以這種跟別人不同不合之處做爲文章的引子。對於自己這獨特的生命，他是以審美態度在欣賞著的，但這又不礙於他的與世相接或與世有情，這是因爲他又能超越個我的緣故。他自己曾說：悲涼本身便是一種美感，但欣賞自己的悲涼，須要有超拔的生命態度；因爲我們自己的悲涼即是眾生悲涼之一部分，我們愛惜眾生，便不能捨棄悲涼。此似悟道語，而實即是他本身性情之一種說明。

生命能超拔起來的人，又常有歷史感情，撫今追昔，彳亍於此一時一地之上。周志文的刻畫時光倒景，也表現爲此意義，並不是一般說的感時傷逝。莎士比亞有首十四行詩說：

啊，那美的消失恰似光影流逝，
日晷之針剛指此處，瞬已逝去！

看來跟周志文有些暗合，但傷感太重，超曠之意便不足了。我亦曠澹人，隨筆胡謅如此，是爲序。

丙戌大雪，寫於燕京小西天如來藏

序二

柯慶明

自臺靜農先生偶現麟爪的《龍坡雜文》以降，臺大中文系同仁於教學研究之餘，致力於散文寫作的第一代是葉慶炳先生與林文月先生；與我同輩的，則有現代詩人張健、吳宏一與古典詩人方瑜亦以其遊刃寫作。但專意於散文，撰作的數量既豐，作品的內涵又變化多端神采飛揚，早已卓然名家的則首推筆名周東野的周志文教授。

散文不同於其他文學體式，難以藉華美意象象徵或虛構情節人物以爲掩飾，是一種素面淨妝，近乎「淡掃蛾眉朝至尊」的文體。雖然不至於純然僅是直抒胸臆，但作者的襟抱確是主要的內容，其感人之處全出於作者性情之媒介。題材或爲日常瑣事，閱覽觀聽，但所見所聞之「物」，其實皆已「著我之色彩」。處處見作者獨特的「會心」；遂使讀者藉作者之「慧眼」觀物明世，因作者之感動而感動，在作者之識見解悟昇華爲興到神來的「智慧」之際，相悅莫逆於這高遠深至的人生觀照與精神境界中。

周志文教授可能是系內最能實踐「讀萬卷書；行萬里路」古訓的同事，遊蹤行旅遍及歐亞大陸各地；加以興趣廣闊，品味深入，對各種藝術以至文明生活中各種寄託遣玩之道，鑑別門徑辨析甚精，往往左右逢源，言談微中，令人心悅誠服。他能說「酒話」談「茗泉」，教我們「冬茶」與「春茶」滋味之別，飲用之法；巴哈十二平均律音樂各家演奏詮釋的異同優劣，或者以水仙花爲案頭清供的臥雲風姿與培養之道，而皆信手拈來，足見平日閱歷之廣，蓄積之厚，確可位居達人之列。

周志文教授既專精宋明思想，又熟識明清史傳，並且教授現代散文，但其對古典詩詞不僅泛覽而尤多個人的解會，因而論世知人之際，往往引詩見意，別有體悟，如以〈杜甫畫象〉一詩論王安石人格的「孤高、彆扭、不喜與人同調」；以李贄自己在〈秋懷〉詩中「遠夢悲風送，秋懷落木吟」的感歎，對李贄「白盡餘生髮，單存不老心」的堅持以遠見樹敵的人生作了註腳。但其實面對眼前種種世事，如友人的棄舊車易新車而無所顧惜，卻想起杜甫〈病馬〉詩，而大興「物微意不淺，感動一沉吟」的感歎，掌握的就不僅是杜甫多情的仁者襟懷，反映的就更是自己的性情了。

周志文教授顯然因其儒學的性理修養，因而在理智上追求中正平和的義理境界，充分顯現「有德者其言藹如」的論斷，但在情感上毋寧是更欣賞有稜有角，任才使氣而個性突出的歷史人物。他對荊軻、高漸離、馬援、徐渭、金農、趙翼、黃仲則、龔自珍、潘玉良、傅雷等人雖以簡筆勾勒，而卻神情栩栩，其實正是來自能夠直探驪珠，把握他們各自性格的特殊氣質。我們不能忽略的是這種體會的深入，其實更有論述者自身性情某種面相的共鳴相契成分存在。至於庾信、杜甫的飄泊；文天祥的從容殉國、洪承疇「梁間塵落」、顧炎武〈精衛〉言志，以至傅雷夫婦的「沉淪」，正都充溢了黍離麥秀的悲世之情。他欣賞賈島詩句：「秋風吹渭水，落葉滿長安」，以爲遠勝「鳥宿池邊樹，僧敲月下門」，自是前有所本；但詩句中境界的豪蕩壯闊，隱藏的對時世全面衰敗之悲慨，應該也是默會中的古今共鳴吧？尤其特別拈出〈劍客〉：「十年磨一劍，霜刃未曾試。今日把示君，誰爲不平事？」一詩而強調：「這首詩展現了詩人鮮活又強旺的生命力，提刀四顧，躊躇滿志，賈島的詩，豈『苦吟』一辭能涵蓋的呢？」能夠如此欣賞這首小詩之精力彌滿，意氣風發的人，又是何等襟懷呢？

周志文教授不僅熟通中國各種古典著作，如明代呂坤《呻吟語》、張岱《夜行船》以至連橫《雅堂筆記》；但更是五四以後的現代人，既會「夜讀馬克白」得出：「悲劇裡的人物，都徬徨徘徊，好壞全不徹底，莎士比亞的悲劇主角，馬克白、李爾王、哈姆雷特或奧泰羅，都是那個味道」的結論。更會措意「自由與平等」；反思「美國夢」，甚至討論托馬斯・摩爾（Thomas More）的《烏托邦》（*Utopia*）；阿道斯・赫胥黎（Aldous Huxley）的《美麗新世界》（*Brave New World*）、《再訪美麗新世界》（*Brave New World Revisited*）以及羅素（Bertrand Russell）的《世界的新希望》（*New Hope for a Changing World*）。

他對羅素似乎深有會心，他因而引申羅素的說法，而以爲：「世界的新希望在哪裡？我們勢必要提高知識，讓世界沒有或者減少愚蠢的人，然後要加強道德意識，讓有見識的人勇敢，有膽量說出自己的看法，而且將自己奉獻給社會。」面對生命的「虛空」，他會訴諸羅素《我的信仰》（*What I Believe?*）所主張的：「幸福並不因它終會完結而不是眞的幸福，思想與愛情，也不因它們不能永存而失去其價值。」而闡發到：「所有的東西，包括世界與宇宙最後都會蕩然澌滅，我們不能因爲這必然的結果而頓失所依，便懷疑萬象的眞實。失去證明擁有，短暫證明永遠，……他們曾經活過的，包括愛與恨，都是有意義的。他們相信生命，儘管他們立刻就會失去生命。」

但是這本《時光倒影》並不就是史傳評述、勵志文集或生活小品，而是一個深刻的浸潤於中西文化，卻又充滿了當代關懷與豐富經驗的成熟心靈，在天光雲影共徘徊下的源流清鑑。作爲一部散文集，它的描寫文字極爲出色，如描繪九寨溝勝似鮑照的〈登大雷岸〉或劉鶚《老殘遊記》。對於生活中各種細膩情韻的捕捉尤其精采，茲引其〈杏花雨〉末段以見一斑：

孔子講學「杏壇」，弟子稱頌，謂夫子之教「如時雨之化」，可見在孔子的時代，杏花與春雨，已具有美麗的象徵，啓人無限的聯想。詩中的杏花雨，當然指的是春天下的細雨，落在杏花上，也落在人的髮際衣襟，然而從寬解釋，杏花雨也可指杏花落時花落如雨的姿態。有一個春天，我曾獨自面對一樹繁華璀璨的白色杏花，達一週之久，也都是春雨輕綿的日子。一天，雨停了，卻颳起了風，脆薄的杏花花瓣，紛紛隨風飄落，比蝶要輕，比雪要柔，空氣中含有一種似真似幻的香味，遠處群山，隱隱的響著春雷，彷佛輕敲的定音鼓，那種雷聲，不使人驚嚇，反而令人昏昏欲眠，春天真是個令人沉醉的季節呢。約莫要十天或更長的時間，這趟欲眠的昏沉，才得以清醒。然而等到宿醉初醒，杏花已落盡，花事已了的杏樹，早換妝成滿樹的綠蔭，不久前的雨雪之姿，只留給你夢境般的想像了。眞的是風飄萬點，如夢又如幻；醉人春色轉眼，但並不成「空」，而是蔭蔭夏木的森立，宇宙生機在此何嘗稍息……

周志文教授將本書的文稿交給我時，作爲長期讀者，我忍不住對他說：「讀您的散文總是充滿愉悅又飽受啓發的！」讀完了全帙更是深有此感，慶幸能夠先讀爲快。我想其他的讀者讀後一定也會有相同的感受與發現吧！是爲序。

二〇〇六年十二月謹序於臺大中文系

輯一 · 人物

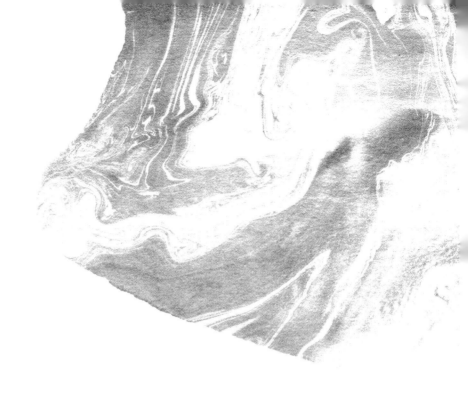

風蕭蕭兮

荊軻刺秦王是所有中國人都耳熟能詳的故事。陶淵明有〈詠荊軻〉詩，對荊軻刺秦王的過程有所描寫，其中有言：

登車何時顧，飛蓋入秦庭。凌厲越萬里，逶迤過千城。圖窮事自至，豪主自征營。惜哉劍術疎，奇功遂不成。其人雖已沒，千載有餘情。

陶淵明把荊軻未能刺成秦王，歸咎於荊軻劍術荒疎的緣故。這個說法，並不始於陶淵明，《史記》裡面就記載一位名叫魯句踐的人說：「嗟乎，惜哉其不講於刺劍之術也！」荊軻爲游俠，爲何劍術會不行到如此地步？《史記》記荊軻答應燕太子丹前去刺殺秦王，太子就尊荊軻爲上卿，住豪華的房子，吃好喝好的，「供太牢，具異物，間進車騎美女，恣荊軻所欲。」荊軻荒疎了劍法，可能於此有關。

荊軻失敗，可以說是與其劍術有關，也可以說是並無關係。原因是秦法規定任何人如向秦王座前，絕對不可攜帶武器，連秦王的扈從亦在限制之內，荊軻未帶劍，自然沒有劍術疎或不疎的問題。但荊軻在所獻的督亢地圖裡暗藏了文匕首，當秦王展圖時，「圖窮匕現」，荊軻只要以匕首傷了秦王一點髮膚，秦王就會死掉。因爲荊軻手中拿的，是趙人徐夫人特製的匕首，事先以藥焠之，《史記》說：「以試人，血濡縷，人無不立死者。」所謂「血濡縷」是說那怕只一滴血滴到衣服上，其人立死，荊軻手拿匕首與秦王近在咫尺，卻沒有能傷到秦王一點點，說是劍術荒疎，也不是沒有道理。

但在整個故事中，荊軻是否因劍術不好而未能刺殺秦王，可能並不重要，這個故事所以成爲一個悲劇，並不在於「事」的成與不成，而是在做這件事的時候到底是痛快或是不痛快。如果彼此痛快，即使沒殺成秦王而自己死了，那「求仁而得仁」，己願已遂，這個故事便不能算個悲劇，否則，幾個故事人物表面熱絡，其實彼此猜疑，即使事成，也不能算是喜劇。文學家看〈刺客列傳〉特別注意易水送別的一段，故事在那個段落，可以說是充滿了藝術的張力的，《史記》的描寫是：

> 太子及賓客知其事者，皆白衣冠以送之。至易水之上，既祖，取道，高漸離擊筑，荊軻和而歌，爲變徵之聲，士皆垂淚涕泣。又前而爲歌曰：「風蕭蕭兮易水寒，壯士一去兮不復還！」復爲羽聲忼慨，士皆瞋目，髮盡上指冠。於是荊軻就車而去，終已不顧。

陶詩的重點，其實也在描寫易水送別一段，後來的文學家，多注意此間的細節，辛稼軒詞：「易水蕭蕭西風冷，滿座衣冠似雪。正壯士悲歌未徹。啼鳥應知如許恨，料不啼清淚長啼血。」寫的也是荊軻高歌的情狀。但大多數人都忽略了這點：荊軻為何為此事悲傷呢？荊軻當然知道，刺秦無論成敗，自己都是死路一條，對一個游俠之士而言，死不足惜，「一去不復還」是預料中事，他何須為此悲嘆？後面的「復為羽聲忼慨」尤其值得玩味，忼慨又可作慷慨，壯士不得志之謂，既許太子以驅馳，現在正在遂行自己的諾言，即使不能生還，亦是自己的選擇，有何「不得志」之處呢？

從心理學的角度言，荊軻的行為是很複雜的，他答應為太子捨命，卻從來不把太子視為知己，這可能是太子個性狐疑的緣故。太子犯了幾次要命的錯誤，都與他懷疑的個性有關，第一次是他不信任他們的共同朋友田光，田光在介紹他們認識之後就自殺了，後來又屢次懷疑荊軻的諾言，〈刺客列傳〉中有幾次「太子遲之，疑其悔改」的情節，就在荊軻等待一個可以幫助自己完成使命的朋友的時候，太子顯出不耐煩的詞色，荊軻只得帶著一個乳氣未乾的少年殺人犯共赴秦廷。這個悲劇不在於荊軻犧牲了，而是荊軻犧牲得莫名其妙，俗語說：「士為知己者死」，明明不視太子為知己，卻答應為他捨命，結果也眞的為他捨了命，這不是荒誕嗎？

所有悲劇故事，都不免有荒誕情節，歷史家只將得這種荒誕歸之命運，因為那是人性所不能掌控的部分呢！

高漸離

荊軻刺秦王的故事能算是悲劇，並不在於荊軻沒有刺成秦王，也不在於荊軻後來被殺，而是荊軻與燕太子丹之間的關係並不融洽。游俠之士最重然諾，重然諾的基礎在於人與人之間的互信。從荊軻這邊看，燕太子丹並不了解他，也不十分信任他，這不是荊軻這方面不值得信賴，而是太子的個性使然。他的個性反覆又狐疑，自己猶豫不決，又無法完全信任別人，他之把任何只要經他手的事都搞砸，這是最主要原因。

荊軻是個正好遊經燕市的游俠之士，他因爲田光先生推薦而認識太子。老實說，他無須爲太子丹去送命，他後來答應太子，受他驅馳，是他覺得他應爲已死的田光完成任務。太子丹對他照顧周到，百般供應得幾乎像在奉承他一般，但他們之間卻缺少眞正相契的友情。太子丹當然不了解他，而荊軻從開始就不太瞧得起太子，他不打算去了解太子，也不打算讓太子了解自己，如果要避免誤會，他其實可以把自己的心跡與計畫說給太子聽，他沒有這樣做，當太子懷疑自己的時候，又發脾氣將錯就錯。整個刺秦的行動，表面上看起來莊嚴肅穆，但究其實，是一場各逞意氣的鬧劇。

故事中正面的是田光與荊軻及高漸離與荊軻的友誼。田光在推薦荊軻之後，在太子面前表明自己不會洩露消息便自殺了。而高漸離呢，他是個音樂家，善於擊筑，當然是個出身世家的人物，但他不滿世事，自隱燕市，以狗屠爲業。戰國時代，有許多這類的「奇士」，荊軻在易水與眾人告別，高唱「風蕭蕭兮易水寒」時，如沒有高漸離擊筑相伴，則如徒有雲卻無風般的，整個故事便缺少了姿態與顏色。

刺秦失敗，荊軻在秦廷被殺了。後來秦發兵襲燕，燕王只得將藏匿在外地的太子丹殺了獻給秦王，但仍不能制止秦軍進逼。五年之後，秦終於把燕國滅了。燕國滅了的第二年，秦王就兼併天下，立號爲皇帝，紛擾的戰國時代便告結束。但刺秦的故事尚未完，高漸離因風聲太緊，便變名姓作傭保，在一個名叫宋子的地方躲藏。過了段時日，他便有些不耐，有一次他聽見主人堂上有人在擊筑，就傍徨不能去，不小心批評起來，另個傭人告訴了主人，主人便請他試試身手，一出手，當然不同凡響，弄得一座皆驚。這時候高漸離的行徑十分特殊，《史記》描寫得很精采：

> 家丈人召前使擊筑，一座稱善，賜酒。而高漸離念久隱畏無窮時，乃退，出其裝匣中筑與其善衣，更容貌而前。舉座皆驚，下與抗禮，以爲上客。使擊筑而歌，客無不流涕而去者。

這段文字眞是傳神。高漸離如不隱匿必有殺身之禍，但隱藏在下人之中，想想亦不是辦法，躲一段時間還可忍耐，要無窮無盡的過著如此卑下的生活，恐怕比死了還更不值得吧。高漸離想著想著，便作了決定，就算有危險，也要過光彩的人生啊！他就去改裝，拿出匣中珍藏的筑與華服，以光燁如神的大音樂家姿態重新出現世間。

後面的發展就更奇了。已成始皇帝的秦王因想聽高漸離奏樂，明知他是危險的通緝犯，還是赦免了他，把他眼弄瞎了，讓他在旁擊筑。高漸離早有預謀，他把鉛塊藏在筑中，一次他聽到秦始皇走近了，便用筑狠狠擲向始皇，可惜也沒擊中，當然高漸離就被殺了。據說秦始皇從此對周圍的人不再信任，終身不近其他諸侯國之人。

這幾次刺秦失敗，在歷史上也許造成了憾事，但對荊軻而言，卻是個大團圓式的結局。荊軻在負氣之下為一個完全不明己志的人去刺秦，秦王沒刺成，而賠上自己的性命。但荊軻並不孤單，黃泉道上前後有田光與高漸離相伴，至少這三人是意氣相投、聲息相通的。人生最怕半吊子，像太子丹那樣，太子丹是個虛浮的人，像一個徘徊旅途的漢子，前不著村後不著店般的，不像荊軻，雖然有些莽撞，卻不害他是個英雄人物。陶淵明詩中有句：「其人雖已沒，千載有餘情。」眞正的英雄，還是令人思念的。

伏波將軍

夜讀《後漢書．馬援列傳》，頗有感想，隨筆札記數端。

馬援（前 14-49）字文淵，漢扶風茂林人，時人稱他伏波將軍。他先人是趙將趙奢，號曰馬服君，子孫因以馬爲氏。漢武帝時，從趙地邯鄲徙居扶風。他先世頗顯赫，但到他祖父之後，便不再貴顯。

馬援十二而孤，少有大志，諸兄奇之。嘗受齊詩，意不能守章句。一天，他辭別長兄馬況，打算到邊疆投軍，馬況說：「汝大才，當晚成。」這句話說得很好，似乎預見馬援這個幹濟之才，必定「大器晚成」。

建武二十四年（48），武威將軍劉尙擊武陵五溪蠻夷，馬援已六十二歲，仍請纓上陣，本傳曰：

援因復請行，時年六十二，帝愍其老，未許之。援自請曰：「臣尚能被甲上馬。」帝令試之，援據鞍顧眄，以示可用。帝笑曰：「矍鑠哉是翁也！」

馬援到老仍有雄心壯志，被甲上馬，以示可用，如從寬解釋，也算一種「晚成」了。馬援在之前的幾次戰役中，確實立下過功勞，他最主要的軍功，是平定了交趾之亂，交趾即今越南，他使得越南在漢代就畫入中國版圖。後來他多次征討西南夷，都獲勝利，使得後漢在北方匈奴、烏桓不停侵擾之下，漢帝國在經過新莽篡位的大傷之後，仍能復興，而且保持了近兩百年的統一大局。

馬援的名言就是「馬革裹屍」，他曾說：「男兒要當死於邊野，以馬革裹屍還葬耳，何能臥床上在兒女子手中邪！」昔梁啓超編輯一小書，欲藉以喚起國人武德，書名是：《中國之武士道》，以爲振興中國，必先振興中國原有之尚武精神，但書中所選人物，以春秋戰國居多，漢初人物，僅有數人上榜，漢武之後，無一人獲選，該書凡例曰：「漢景、武以還，武士道消滅，不復有如錦如荼之人物。」任公如聞伏波語，定改易前說。

馬援除留下「馬革裹屍」成語之外，其他的嘉言懿行尚多。傳中記他聞兄子嚴、敦二人喜論人長短，馬援時在軍中，移書責之，語甚剴切，曰：

吾欲汝曹聞人過失，如聞父母之名，耳可得聞，口不可得言也。好論議人長短，妄是非正法，此吾所不務也，寧死不願聞子孫有此行也。

訓子姪輩，語極嚴正，可證馬援不只是一有勇的英雄人物，也是德行恭謹之士。不過以遭遇言，馬援並不算好，他在征交趾時，聽說南方瘴癘之地，須常服一種「薏苡」（即今常見的薏米），方能「輕身省慾，以勝瘴氣」，他命軍中服用，果然打了勝仗。南方薏苡顆粒較北方爲大，他凱旋時載了一車作種子，打算拿到北方去種。當時人以爲他帶回一車珍寶，不過馬援名正盛，沒有人敢糾彈他，等到後來馬援病死軍中，便有小人上書皇帝，說他車上所載，皆明珠文犀之類的寶貝，皇帝因之大怒，弄得他一時不能歸葬舊塋，喪禮草草，賓客故人不敢弔會。

史傳上這些有奇氣的英雄人物，幾乎最後都被「小人」給整得體無完膚，他的前輩，西漢時的大將軍李廣，即是如此。馬援長兄說他是大才，當晚成，以他死後受謗，埋骨不易的狀況言，這「晚成」兩字，又有一種難以理解的傷痛寓意其中，令人低徊不已了。

政治通常都把持在政客手裡，而政客很少是規行矩步的君子，英雄與之對抗，鮮有不敗下陣來，這一點，古今中外莫不如此。馬援生前，已有自覺，他常引用他從弟少游的話說：「士生一世，但取衣食裁足，乘下澤車，御段款馬，爲郡掾吏，守墳墓，鄉里稱善人，斯可矣。致求盈餘，但自苦耳。」下澤車指小車子，段款馬指跑不快的馬。最好的人生，莫若在家鄉任一小職，有一點小小收入，得守祖先墳墓，鄉里稱善即足。再去追求多餘的，只是苦了自己罷了。這眞是令人心清魂冷的眞話，但這樣的話，在自以爲得意時是萬萬想不到的，不論他是英雄或者不是。

飄泊的靈魂

杜甫（712-770）有一組五首連章的詩作，題名〈詠懷古跡〉，是他出蜀過了長江三峽，在現在武漢上游，路途所見興感所作。每首詩都牽連一個古人，其中有戰國時的宋玉，漢代的王昭君，三國時的昭烈帝（劉備）及武侯（諸葛亮），最後一個是南北朝時的庾信，五個古人以年代來算，庾信最近杜甫，但在〈詠懷古跡〉中卻成了第一首，大約是這首詩的前面幾句，正可以看成是這五首連章的「序詩」吧。

這首詩是：

支離東北風塵際，飄泊西南天地間。
三峽樓台掩日月，五溪衣服共雲山。
羯胡事主終無賴，詞客哀時且未還。

庾信平生最蕭瑟，暮年詩賦動江關。

這首詩主題是歌詠庾信，而其實於庾信著墨不多，整首詩，大致是藉庾信的故事來寫自己「支離飄泊」的生涯。關於這一組詩，歷來討論的人很多，有人根本主張此組詩是由第一首名叫〈詠懷〉的及後面的四首〈古跡〉合併而成，前一首與後四首本無關係，其理由是後四首的順序是依歷史的先後而來，而第一首顯然不是。其次宋玉、王昭君及昭烈、武侯，杜甫所經，皆有其故址，唯庾信故宅在荊州，杜氏此行並未經過，仇兆鰲曰：「按子山（庾信）自梁使周，被留不返。三峽、五溪，跡蹤未到，不當傅會。」可見此詩放置此處確實令人懷疑，不過此五首連章，自古即是如此，沒有一個版本是將五首分開者，這個現實，使得懷疑只能停在懷疑階段，不能作任何改變。王嗣奭在《杜臆》中說：

五首各一古跡，首章前六句，先發己懷，亦五章之總冒。其古跡則庾信宅也，宅在荊州，公未到荊，而將有江陵之行，流寓等於庾信，故詠懷先及之。然五詩皆借古跡以見己懷，非專詠古跡也。

這個解釋並不周到，但也只有如此了。

庾信（513-581）字子山，南陽新野（今河南新野）人。父肩吾，爲梁太子中庶子（相當是太子的祕書長），信十五歲就作昭明太子蕭統的東宮講讀，可見他是個極具天賦的學者與文學家。後來侯景作亂，金陵淪陷，庾信逃到江陵，被在江陵即位的梁元帝蕭繹派他出使西魏，不久梁朝滅亡，庾信又因文學成就出眾被強留在長安，歷事西魏、北周，官至驃騎大將軍、開府儀同三司，直到隋朝開皇元年才病死。

庾信原北人，後出仕南方梁朝，最後又被命運作弄，在北方淹留，作了北朝的大官，這一點最被傳統的知識分子瞧不起，認爲他不忠，是「二臣」，清代的史學家全祖望就直接把他比成是明清之際的錢謙益。庾信最有名的文學作品是〈哀江南賦〉，其實是他在北方思念南方之作，充滿了黍離麥秀的感情，老杜稱他「暮年詩賦動江關」，指的就是此作。《周書》本傳說：

> 庾信在周，雖位望通顯，常有鄉關之思，乃作〈哀江南賦〉，以致其意云。

連《周書》都把南方當成庾信的鄉關了。但如果這「鄉關之思」能成立的話，只能指他思念南方，而非思念南朝，以對哪個朝廷忠心來看庾信，其實是把他看錯了、看小了。〈哀江南賦〉寫的是對生命中匆匆消失的事物的惋惜，對飄泊生涯無奈的感傷，庾信自己說：

> 信年始二毛，即逢喪亂，藐是流離，至於暮齒。楚老相逢，泣將何及，……楚歌非取樂之方，魯酒無忘憂之用。追爲此賦，聊以記言，不無危苦之辭，唯以悲哀爲主。

杜甫流離一生，最能體會庾信文字中流露出的飄泊的痛苦。其實錯解、誤解庾信的人太多了，在唐代就已如此，所以杜甫又有詩說：

庾信文章老更成，凌雲健筆意縱橫。
今人嗤點流傳賦，未覺前賢畏後生。

傳統的中國人，太重視「故國」，而故國又常專指一個特定的朝廷、一個特定的君主，眞正偉大的作家與作品，不應僅限於此。我記得馬勒的學生華爾特（Bruno Walter,1976-1962）說他老師：「馬勒到底是哪裡人呢？馬勒常說他是波希米亞人、是猶太人、是在維也納的奧地利人，而他又說他自己什麼也不是。」杜甫當然是一個忠勤懇摯的人，而且在政治上極爲效忠，但他能體會庾信不是南朝人、不是北朝人，庾信不能以地域或政治的忠誠來衡量，杜甫如此了解、寬容庾信，因爲他知道，在彼此的心的深處，都藏有一種飄泊靈魂的滄桑。杜甫詠宋玉說：「悵望千秋一灑淚，蕭條異代不同時」，庾信於他而言，也是如此。

文信國

文信國即文天祥（1236-1283）。文天祥於元至元十五年（1278）八月被宋朝最後一個皇帝帝昺封爲少保、信國公，故世人或稱他文少保，或文信國。在他被稱爲信國公的時候，宋朝已經魚枯肉爛，元人早已占領中國的大壁江山，南人（元人稱宋人）的反抗，零星而不猛烈，徒具象徵作用而已。該年的十一月，文天祥被執，明年二月，國事已完全不可爲，陸秀夫負帝昺投海崖山，終於正式結束了祚延三百餘年的宋朝。

文天祥北囚虜廷，前後被拘禁了四年，直到至元十九年（1282）他被正式處死。《宋史》本傳記他的死事曰：

天祥臨刑殊從容，謂吏卒曰：「吾事畢矣。」南向拜而死。數日其妻歐陽氏收其屍，面如生，年四十七。其衣帶中有贊曰：「孔曰成仁，孟曰取義，惟其義盡，所以仁至。讀聖賢書，所學何事？而今而後，庶幾無愧。」

文天祥死時態度從容，神情如常，這是有極大人格涵養才足以致之，觀其獄中所撰之〈正氣歌〉可知。然而天祥從被執到被殺，前後經歷四年，他的「赴死」，不是在短時間決定的，而是經過極長時間的磨練考驗，其中有波折、有轉變，不是一句「從容」便可輕輕帶過。《宋史》記天祥初至虜廷，時世祖（即忽必烈）剛即位，（世祖即位改元至正，年序仍依至元，即位時爲至正十七年。）多求才南官，王積翁曰：「南人無如天祥者。」世祖即遣積翁諭旨，天祥說：「國亡，吾分一死矣。儻緣寬假，得以黃冠歸故鄉，他日以方外備顧問，可也。若遽官之，非直亡國之大夫不可與圖存，舉其平生而盡棄之，將焉用我？」這段話委婉而耐人尋味，話中請求放他回鄉，不作元官，如蒙赦寬假，他日可以方外（道士的身分）備顧問，這是否包含其他的圖謀，外人無法知道，但可以推斷的是，以死殉國，並不是文天祥的唯一選擇，至少在他被俘的初期並非如此。

當然他最後還是選擇一死，遂了他當年過零丁洋所寫的詩的詩意，「人生自古誰無死？留取丹心照汗青」，多麼磅礴有氣勢的話！也如他〈正氣歌〉中所言：「於人曰浩然，沛乎塞蒼冥」，他的死，確乎是「沛乎塞蒼冥」。天祥出身江西望族，家產貲富，〈本傳〉稱：「天祥性豪華，平日自奉甚厚，聲伎滿前。」國亡時，他「痛自貶損，盡以家貲爲軍費。」他參與救亡圖存的國事，完全出於自動，並沒有人要求或命令他如此做，他富甲一方，如欲「避難」，也比別人容易得多，但他卻散盡家產以應國變，他曾說：「國家養育臣三百餘年，一旦有急，徵天下之兵，無一人一騎入關者，吾深恨於此，故不自量力，而以身徇之，庶天下忠臣義士將有聞風而起者。」

近讀清人筆記，有陸以湉撰《冷廬雜識》八卷，其中記有關文天祥事，多為正史所未載，如該書卷五有〈成仁取義〉條，謂：

公（文天祥）與弟壁同舉進士，後壁降元，公季弟亦仕於元。公獄中詩有云：「三仁生死各有意，悠悠白日橫蒼烟。」又云：「二郎已作門户謀，江南葬母麥滿舟；不知何日歸兄骨，狐死猶應正首邱。」

他的兩個弟弟都投降元朝，一個甚至作元朝的官，天祥對此事當然深不以為然，但正如古人所謂「體一而氣殊」，氣之不同，雖在父兄亦不足以移子弟，只得「認」了。文天祥僅有一子，與其生母皆死於軍中，族中以弟壁之子陞繼嗣天祥，天祥死前，與陞書曰：

吾以備位將相，義不得不殉國，汝生父與汝叔，姑全身以全宗祀，惟忠惟孝，各行其志矣！

文天祥的語氣充滿莫可奈何，老實說，處理這個局面，任誰恐怕也只有如此。陸以湉評論說：「嗚呼，成仁取義，何人不當勉為！乃同體之親，異趨如此，公之所云，殆以事已至斯，且誼關骨肉，不得不爾。」這種解釋跟不解釋沒有什麼不一樣了。

文天祥殉國，沒有那麼「當然」，也不是早就立志如此，但世事在不斷的演變，其中有偶然，也有不得已的必然，這種偶然與必然，造就了歷史的英雄，也形成了某些悲慘又卑瑣的故事。文天祥終於選擇殉國，元朝也允許他殉國，完成了歷史上英雄故事的完美章節，然而其中的曲折，豈是一句「從容」所能涵蓋盡的呢。

柳敬亭

柳敬亭是明末南京的一個「藝人」，他擅長「說書」。所謂「說書」，即是說故事，是古代社會的主要娛樂項目之一。有的說書像唱歌一般的，是用歌唱的方式來表演故事的情節，《老殘遊記》裡記濟南明湖居白妞王小玉說書，即是用唱的，通常用唱的說書，都會使用一些伴奏的樂器，如二弦、三弦及打拍子的「梨花簡」之類的。蘇州的「彈詞」是由蘇州地區流行的演唱方式來表演故事，伴奏通常用琵琶和二弦的爲多。北方說書，更有秦腔、晉腔、豫腔之分，伴奏樂器五花八門，擊筑敲缶，因地制宜。

柳敬亭說書，完全沒有樂器伴奏，依西方音樂術語叫做 Solo，也就是獨自演出。他不依靠樂器，因爲他的口腔就是最好的樂器，他善於以特殊的聲音，來製造各種場景，表現各種情緒，這有一點像口技表演，與口技不同的是他主要在說故事，故事情節的起伏，才是他表演的主題。張岱於明亡之前，曾在南京親聆柳敬亭演出，《陶庵夢憶》記其盛況：

余聽其說〈景陽岡武松打虎〉白文，與本傳大異。其描寫刻畫，微入毫髮，然又結截乾淨，並不嘮叨，勃夬聲如巨鐘。說至筋節處，叱咤叫喊，洶洶崩屋。武松到店沽酒，店內無人，謈地一吼，店中空缸空甓皆瓮瓮有聲。閒中著色，細微至此。

柳敬亭相貌奇醜，但架子極大，他在表演的時候，一定要觀眾屏息靜坐，傾耳凝神，稍見座下呫囁耳語或欠伸有倦色，輒不言。他的表演確實好，也贏得大家的敬重，張岱說：「每至丙夜，拭桌剪燈，素甆靜遞，款款言之。其急徐輕重，吞吐抑揚，入情入理，入筋入骨。摘世上說書之耳，而使之諦聽，不怕其不齰舌死也。」可見對之推重之深。

清初漁洋山人（王士禛）所撰《分甘餘話》亦有記柳敬亭事。王漁洋少張岱三十七歲，算是晚輩了。據《分甘餘話》所記，柳敬亭在明亡時曾佐左良玉幕，左良玉因聲討當時的亂臣馬士英、阮大鋮，極受知識分子肯定，東林諸君子對之尤讚譽有加。其實據漁洋所記，左良玉好大喜功，自武昌稱兵東下，破九江、安慶，殺戮過多，甚於流賊。後左死於軍中，柳敬亭只得流落江湖，晚年重操舊業，一二名卿耆老，左袒良玉者，賦詩張之，且爲作傳。《分甘餘話》中有記：

余曾識柳於金陵，試其技，與市井之輩無異，而所至逢迎恐後，預爲設几焚香，瀹岕片，置壺一、杯一，比至，徑距右席，說評話才一段而止，人亦不復強之也。愛及屋上之烏，憎及儲胥，噫，亦愚矣！

據這段記載，柳敬亭晚年重出江湖之後的表演乏善可陳，這一點，尚不能證明柳的功力已退，也許是當天柳不求表現，草草應付一下場面，也可能是柳的表演一樣精采，作者不如張岱的內行，無法欣賞柳的好處。當然還有一個可能，便是柳敬亭已經年老，而明朝又已亡國，黍離麥秀之下，英雄亦托足無門，表演場上的老人，尤其容易感受時空變異的窘迫，內心的悲愀，使他們根本不適於繼續待在娛樂場中，也許因爲如此，柳敬亭無心演出。

這段文字中我比較注意的是對柳敬亭觀眾的描寫，他們對柳依然十分周到敬重，爲他表演場地設几焚香，爲他準備上等的茶水茶具，這一點，與《陶庵夢憶》的描寫並無二致。不同的是幾十年後的柳敬亭不復當年的「敬業」，他只敷衍式的演出了一下便匆匆落幕，而觀眾卻不以爲忤，並不勉強他多演，這種原諒與包容，證明所有的人並不把柳敬亭的表演當成一種娛樂，而是將柳當成記憶一般的維護。可惜王漁洋忘記描繪座中客人的容貌了，如果他仔細觀察，勢必發現滿場賓客，都是髮鬢皤然可以稱爲是遺民的老人呢！

梁間塵落

明崇禎十七年甲申（1644）三月闖王李自成陷北京，思宗自縊煤山，這是正史上明亡的一年。後來還有些「王」或「監國」在南部稱孤不降，正史稱那作「南明」。樹倒了，還有些枝葉未枯，並不表示樹未倒下。

大部分的人把注意力放在駐山海關的總兵吳三桂身上，認爲他乞師於清，引清兵入關，是明亡清立的最關鍵人物。吳三桂當然影響很大，但其實遠不如另外一個明朝降將洪承疇，滿清入關後的重要軍事行動，幾乎都由洪承疇擘畫。他在明朝擔任過兵部尚書，相當現在的國防部長，對明朝的地方形勢、軍隊虛實了解最深，所以在清兵入關後的順治二年乙酉（1645），表面是由豫親王多鐸領軍南下，而其實號令多出自洪承疇。當年閏六月，原被清朝任命爲太子太保、兵部尚書兼右副都御史的他又多了一個頭銜，即以原官（兵部尚書）總督軍務，招撫江南各省，爲他特鑄「招撫南方總督軍務大學士」印，賜敕便宜行事。江南諸省，逐次「解放」，承疇之力獨多。

洪承疇在明朝即是集軍權與政權於一身的人物，降清後仍居高位，長達十數年之久。他直到康熙元年才致仕，到康熙四年才死，死後謚文襄。縱橫兩朝，出將入相幾四十年，是中外歷史所罕見者。

承疇在明朝算是常勝將軍，他曾與李自成交戰數次，均大敗之，有次在潼關，他把李自成打得落花流水，李僅帶十八騎逃遁。後來東北吃緊，朝廷命他總督薊、遼軍務，起初尚有勝績，但形勢逐漸困蹇，崇禎十五年（1642）松山一役被清兵所敗，承疇與一些將領同時被俘。其他將領多被殺，洪承疇則被解往當時滿清的首都盛京（瀋陽）。

承疇性倔強，原不肯降。《清史稿》記此段故事殊精采，文曰：

上（皇太極）欲收承疇為用，命范文程諭降。承疇方科跣謾罵，文程徐與語，泛及今古事，梁間塵偶落，著承疇衣，承疇拂而去之。文程遽歸，告上曰：「承疇必不死，惜其衣，況其身乎？」上自臨視，解所御貂裘衣之，曰：「先生得無寒乎？」承疇瞠視久，嘆曰：「眞命世之主也！」乃叩頭請降。

由拂去衣上塵埃一事判斷承疇必降，范文程如在今世，絕對是極高明的心理學家。承疇降清後，皇太極對他寵錫有加，使得滿清其他將領甚為不悅，皇太極問，我等數十年來櫛風沐雨，所謂何來？諸將答以欲得中原，皇太極笑曰：「譬諸行道，吾等皆瞽，今獲一導者，吾安得不樂？」

然而承疇降清事，並未立即傳回北京，崇禎皇帝以為他在松山殉國了，為他設祭十六壇，建祠都城外，尚打算親臨祭奠，後聽到洪已降消息，才立刻停止。承疇降清，對明帝室、朝廷以及愛國的民眾而言，都是極大的諷刺與打擊。明清筆記中，記錄洪承疇事甚夥，大多採嘲諷譏刺的態度。民初林晦廬（慧如）輯有《明代軼聞》一書，多錄明季遺文，其中甚多有關洪承疇者，如記晚明殉國烈士左懋第就義事，便曰：

懋第被拘太醫院，自題院門曰：「生爲大明忠臣，死爲大明忠鬼。」洪承疇來說降，懋第掩面哭曰：「此鬼也！洪督師在松山死節，先帝賜祭九台，今日安得更生？」洪慚而退。

洪承疇與左懋第有舊誼，他到獄中探視左，不見得必然是勸降，卻被左懋第結結實實的「揶揄」了一番，只得黯然而退。我記得少時讀書，初中國文課本有〈沈百五〉一課，文章是誰寫的，已忘了，但課文尚還記得。沈百五曾有恩於洪承疇，承疇呼他爲伯父。後承疇顯貴，推薦沈負責漕運，遇淮河一帶盜匪猖獗，百五散盡家財運米數千艘由海道送京，解救了北方糧荒，崇禎帝都予召見。後來承疇降清，沈百五脫身海外，尚圖接援，終被清兵所獲。洪往諭降，百五故作不識，曰：「吾眼已瞎，汝爲誰？」洪曰：「小姪承疇也，伯父豈忘之耶？」百五大呼曰：「洪公受國厚恩，殉節久矣！爾何人斯，欲陷我於不義乎？」乃揪洪衣襟，大批其頰。洪笑曰：「鐘鼎山林，各有天性，不可強也。」

這兩段文字主要是說左懋第、沈百五的剛烈忠貞，相對的降將洪承疇，是多麼可卑可恥。但奇怪的是，我每讀此文，卻對那卑瑣萬分的洪承疇同情起來。該死的梁間落塵啊，如果沒被看出多好！拖到大街斬了，死了，洪承疇不見得成爲萬民共欽的英雄，至少至少，他可以避開那不斷揶揄與諷刺的尷尬。英雄與凡人，凡人與狗熊，有時不是僅僅隔著一點如線的距離嗎？

徐青藤

徐青藤（1521-1593）即徐渭，是晚明一個奇特的藝術家。徐渭字文長，號天池生，因書室名「青藤書屋」，故又號徐青藤，繪畫圖記常用「田水月」，是拆其名「渭」字而成。徐青藤活的時候，落魄異常，八次鄉試都沒考上，一輩子都不能仕宦活口，後來被當時的東南總兵胡宗憲羅致幕中作「記室」（即處理文書的祕書），在胡幕下曾得意過一陣，但不久胡失勢，徐也落職而歸。他家居無聊，因不事生產而生計無著，再加上他可能有嚴重的精神官能疾病，有一次，他懷疑自己的繼室與人有染，竟不分青紅皂白的把繼室給殺了，這是嚴重的刑事重罪，他被判死刑，關在大牢候決，幸賴山陰同鄉張元汴力救，才免於一死。

救他的張元汴字陽和，是後來大史學家、大散文家張岱的曾祖父，張氏是隆慶五年辛未（1571）的狀元，雖然官途不甚順遂，但朝野的聲望很高，所以才有能力救徐。獲釋時的徐青藤已五十三歲，此後二十年，他困居鄉里，不與人接，靠寫字繪畫為生，有時三餐不繼，也靠朋友周濟，他的一生十分慘淡，尤以老年爲甚。

徐青藤的詩寫得好，一方面他是天才，一方面是因爲他身世遭遇非常特殊的緣故，但他一生蹇厄，名不出故鄉。一直到他死了五六年後，「公安派」的領袖袁中郎（宏道）訪客山陰，在友人陶石簣（望齡）家中見到一本不知名的詩集，該詩集「惡楮毛書，煙煤敗黑，微有字形」，中郎稍就燈下讀之，讀未數首，不覺驚躍急呼，問石簣：「闕篇何人作者？今邪、古邪？」石簣答以同里徐文長，中郎後來記此「發現之旅」曰：

當詩道荒穢之時，獲此奇祕，如魘得醒，兩人躍起，燈影下，讀復叫、叫復讀，僮僕睡者皆驚起。余自是或向人或作書皆稱文長先生。有來看余者，即出詩與之讀，一時名公鉅匠，浸浸知嚮慕云。

徐青藤靠袁中郎而名滿天下。青藤詩不摩唐宋，獨襲古法，又師心自用，言己之所欲言者，這完全合乎袁「獨抒性靈，不拘格套」的文學主張，所以袁欣賞崇拜青藤一至於斯。袁中郎在〈徐文長先生傳〉中說：

文長既已不得志於有司，遂放浪麯蘗，恣情山水，走齊魯燕趙之地，窮覽朔漠，其所見山奔海立，沙起雲行，風鳴樹偃，幽谷大都，人物魚鳥，一切可驚可諤之狀，一一皆達之於詩。其胸中又有一段不可磨滅之氣，英雄失路，托足無門之悲，故其爲詩，如嗔如笑，如水鳴峽，如鐘出土，如寡婦之夜哭，羈人之寒起。當其放意，平疇千里，偶爾幽峭，鬼語秋墳。……

由這段文字，可以看出中郎對徐的拜服已到了五體投地的地步了。然而青藤是個孤芳自賞的藝術家，自信極高，又不太理會別人，他如聽了中郎的讚美，也許會嗤之以鼻，因爲他以爲自己的藝術成就以書法最高，而中郎最欣賞自己的竟是二流的詩，卻對一流的書法頗爲忽略，是故哂之。陶石簣曾說：「渭於行草書尤精奇偉傑，嘗言吾書第一、詩二、文三、畫四，識者許之。其論書主於運筆，大概昉（仿）諸米氏。」陶能道出青藤以書爲第一，可見知之較深，但在書法源流上，謂青藤仿諸米氏，則不無可議。青藤草書，上承漢魏碑法，蒼老奇倔，其氣韻神情，或可與山谷行書爲近，絕不類米氏之柔美秀逸。康有爲評米氏謂：「南宮佻傈過甚。」青藤草書開闊宏肆，獨欠佻傈之姿，這一點，陶石簣雖屬同里之誼，亦不甚了了。

青藤亦擅丹青，故宮珍藏數幅花鳥之作，氣格才調，均極高朗。鄭板橋（燮）中年初睹徐畫，驚爲天人，嘆服不已，刻印一方，上鐫：「青藤門下牛馬走」七字，後又刻一印，自稱「徐青藤門下走狗鄭燮」，對徐之崇拜，可能比袁中郎更爲瘋狂。但如起青藤於地下，定又被訕笑不已，因爲青藤自己曾表示，畫只是他藝術的第四等表現方式。總而言之，任何對天才的讚嘆都是多餘。我們不如乘此長夏，打開他的作品，包括他的文集逸稿以及書畫冊頁，搭配一杯濃茶，好好展讀欣賞吧。

金布衣

晚清陸以湉（字敬安，號定甫）撰《冷廬雜識》，記清代學者文人之學術、經歷及交遊情況，詳實精當，多可補人物傳記資料之不足。如卷一有〈金布衣〉一條，紀清中葉「揚州八怪」之一的畫家金農事，文曰：

錢塘金布衣農，畫梅竹蒼勁絕俗，晚又畫佛。金農號最多，曰冬心先生、曰稽留山民、曰曲江外史、曰昔邪居士、曰龍梭仙客、曰百二硯田富翁、曰心出家庵粥飯僧。余於杭城骨董肆得其畫竹一幅，題曰：「凌霜雪，節獨完。我與君，共歲寒。」筆墨高古，良可寶玩。

抄這段文字的時候，我突然想起近年參加高普考試閱卷，考生於作文結束，極喜莫名其妙的寫上「共勉之」三字，論公務員之操守、論交友之須知、論夏日之衛生、論公文之橫寫，均可以此三字結尾，一次閱卷一包五十份卷其中竟有十餘篇以此三字完篇，不免令人嘖嘖稱奇。「共勉之」並非難明，難明者在於作者要與誰共勉，而共勉之事又爲何而已。若要「共勉」，金農題畫此十二字，是最好的共勉詞，共勉的對象是誰？是竹子，此擬人法，古人視竹爲君子，常以師友視之，當然可爲共勉之對象，至於共勉之內容，其餘數字已顯示清楚，此處無須贅述。

金農（1687-1764）字壽門，號冬心，杭州人，終身未作官，故又號金布衣。乾隆元年（1736）他曾被推舉參加博學宏詞考試，不售，便定居揚州，以詩畫度日。他與揚州畫壇交往甚密，因年歲較長，故被視作「揚州八怪」的領袖人物。金農其實學畫頗晚，但很快便有成就，他與晚明的徐青藤一樣，在藝術上有股「奇倔」之氣，繪畫雖寥寥數筆，卻極見風致。金農畫的人物、花鳥，尤其是竹子，都簡單有神，他也擅書，他的書法由篆隸入手，樸拙高古，與鄭板橋相同，都有強烈的個人色彩，但與板橋不同的是，板橋體雖爲新創，卻無法避免佻達流暢，有甘美媚俗的成分，金農則不然，金農書看似呆板如初學者，其實老練蒼拙，筆畫之間，寓藏著豐富的人生閱歷與感情。

板橋只以畫竹見長，金農畫的內容可不只這些，除竹之外，他畫梅亦頗有名，晚年更畫馬、畫佛像，都孤詣獨到。除書畫之外，亦善篆刻，所治金石，藝壇寶之。陸以湉說他名號最多，李斗的《揚州畫舫錄》也載此事，曰：

> 金農，字壽門，號冬心，仁和人。從事於畫，涉古即古，脫畫家之習。畫竹師竹石老人，號稽留山民，畫梅師白玉蟾，號昔耶居士，畫馬自謂曹、韓法，趙王孫不足道也。畫佛像號心

出家盦粥飯僧。花木奇柯異葉，設色非復塵世間所睹，蓋皆意爲之，而托爲貝多龍窠之類。

金農名號多，主要在於他藝術表現的方式多，他畫一種畫用一種名號，這也是藝壇的一樁奇事了。

「揚州八怪」之一的汪士愼（字近人，號巢林）晚年雙目失明。汪眼廢前曾繪一竹石圖，請金農爲之題詩。畫上瘦石一塊，清竹兩竿，金農題詩其中有句：

清瘦兩根如削玉，首陽山下立夷齊。

以玉形容竹子並不稀奇，這詩中最特殊的是用伯夷、叔齊這古代的高士來描寫竹子。伯夷、叔齊不食周粟，餓死首陽山，是中國有志節的人不向威權妥協的典範。《史記》將伯夷、叔齊置於列傳之首，顯然有極高的用意。金農詩之貼切，更在於史稱伯夷、叔齊爲「孤竹君」之二子，是故鄭板橋見此題詩後曰：「自古題竹以來，從未有用孤竹君事者，至自壽門始。壽門愈不得志，詩愈奇。人亦何必汨富貴以自取陋！」富貴於藝術創作而言，可能是陷阱，而貧窮倒可能提供藝術上突破重圍的機會。板橋以此語況金農，亦試圖以之自況。

趙甌北

趙翼（1727-1814）字雲崧，號甌北，常州陽湖（今江蘇武進）人。他是清代中葉有名的詩人、詩的理論家，更是重要的史學家。他的詩名甚籍，詩作亦夥，當時與袁枚、蔣士銓齊名。他的《甌北詩話》，在清代算是詩話中的重要之作，他推崇杜甫，但對杜詩也作了嚴苛的批評，他認爲老杜過分強調「語不驚人死不休」，以致許多詩都寫得太誇張，並不確實。他極推舉南宋的陸游，認爲放翁詩「看似華藻，實則雅潔」，「看似奔放，實則謹嚴」，與北宋大詩人蘇軾比較，他以爲陸勝蘇，與同時大詩人楊萬里作比較，他也認爲陸遠勝之，他的論點不無可議之處，但趙翼論詩有自己的看法，有自己的規模，不乞靈於歷史的定見，這是他的長處。

《甌北集》有其論詩絕句數首，其一爲：

滿眼生機轉化鈞，天工人巧自爭新；預支五百年新意，到了千年又覺陳。

又：

李杜詩篇萬口傳，至今已覺不新鮮；江山代有才人出，各領風騷數百年。

這兩首詩極為有名，談到清代文學批評，幾乎無人不引述。具體含意是說文學不要因循舊章，強調創新才是文學生命之所在，這在清代詩壇以格調為上，學術風氣以復古為宗的氣候之下，確實是超越潮流的看法。

趙翼的成就其實並不完全是詩，也不完全是詩論，他有兩部有關歷史的大著作，那就是《陔餘叢考》與《廿二史箚記》。《陔餘叢考》是一本有關經、史考證的筆記，大致說來是受到顧炎武《日知錄》及同時史學家王鳴盛《十七史商榷》的影響，是切合清代考據學學風的學術成品，這本書讓他進入清代學術的主流，同時的學者王昶有詩述之，曰：「清才排坳更崚嶒，袁趙當年本並稱，試把《陔餘叢考》讀，隨園那得比蘭陵？」王昶以為趙有《叢考》後，袁枚已無法在學術場合與之爭鋒，此語雖是片面之詞，也不見得完全無理。

《廿二史箚記》是趙翼在揚州安定書院講學的十二年之間寫成的，那時正值他五十餘歲的盛年。《箚記》運用比較法與歸納法來研究中國歷史，用這個方式研究古史的同時史學家有許多人，如錢大昕、王鳴盛等，都知名於當時，但趙著的特殊，在於他透過此二方法處理歷史上極具深義的關鍵性問題，而絕非只是為考據而考據的一般乾嘉之學而已。梁啓超曾說：「趙翼之《廿二史箚記》雖與錢大昕、王鳴盛之作（按錢著《廿二史考異》、王著《十七史商榷》）齊名，然性質有絕異處，錢、王皆爲狹義之考證，趙則教吾儕以搜求抽象史料之法。昔人言『屬辭比事，春秋之教』，趙書最善於此事。」

趙翼是文學家又是史學家，卻在文學與史學上開展出各不相侔的特性來，這也是奇怪之處。在文學創作上，他有詩近五千首，是多產的作家，而特別強調作品的個性神貌不應與人相同，他的詩有時高亢入雲，不願做人間聲。他的詩論也大開大闔，鼓勵跨越千古，獨領風騷。王昶以爲趙之成就比袁、蔣諸詩人大多了，但以詩名以及在詩壇發言而論，趙則始終不如袁、蔣的權威，他寧願堅持在孤傲的環境中，寫作不輟。

但他的歷史研究，卻與他在文學上所展現的個性極不相同。他在歷史研究上，重視史實的排比與歸納，充分尊重資料（史實），資料在哪裡，研究到哪裡，寧願不下結論，也不輕下判斷。趙翼在寫《叢考》、《箚記》上，十分看重客觀的眞理，但他並不是只有客觀證據的考證之學，而是在他認可的史學中，包含有極大的經世意義，這一點與章實齋的「六經皆史」的主張接近。

在文學上他強調自我，在史學上，他主張拋去自我，他將兩個極端融合於一身，他從來不覺得那是對立與矛盾的，這就是趙翼！

王文端公

王杰（1725-1805）字偉人，號葆淳，又號惺園，陝西韓城人。他是清代中葉有名的能臣，曾任刑部、吏治侍郎，左都御史，後又爲兵部尚書，軍機大臣，上書房總師傅，拜東閣大學士，兩次圖形紫光閣，加太子太保，卒謚文端。

王杰出身貧窮，早歲失怙，以拔貢佐幕各處，無所成名。乾隆二十六年（1761），參加會試，殿試原置第三，後乾隆以本朝從未有陝西人舉魁，因變動名次，將原置第一的趙翼與之互換，成了當年的恩科狀元，而趙翼成了探花。對王杰而言，這是邀天之幸，從此扶搖直上，成了國家政壇的棟梁之材。對趙翼而言，這的確有些不公，乾隆對他也有歉疚之心，想多方補救，但趙翼的官運究竟不好，在後來的仕途上並不十分如意。

如果說王杰的成就是倖得，這也並不公平。乾隆在提拔他之前，對他已有很好的印象，他早年佐兩江總督尹繼善幕，常爲尹繕寫疏文，王杰書法與人品都極端正，乾隆閱時已十分欣賞，後來有機會被引見，乾隆見他風度凝然，舉止嫺優，更加喜歡，殿試後決定將他與趙翼互換位置，據趙氏《簷曝雜記》記：

明日諭諸大臣，謂：「趙翼文自佳，然江浙多狀元，無足異。陝西則本朝尚未有。今當西師大凱之後，王杰卷已至第三，即與一狀元亦不爲過。」次日又屢言之。

乾隆後來屢言此事，是對趙翼表示虧欠及勉勵的意思。王杰對此則充滿感激之情，一生勤勞懇摯，捨己奉公，歷任高官，但清廉公正，絕不貪瀆。他曾與權臣和珅同列軍機，上朝常當面指責和氏濫權枉法，言語厲厲，不稍寬貸，《清史稿》本傳記之，曰：

杰在樞廷十餘年，事有可否，未嘗不委曲陳奏。和珅勢方赫，事多擅決，同列隱忍不言，杰遇有不可，輒力爭。上知之深，和珅雖厭之而不能去。杰每議政畢，默然獨坐。一日和珅執其手戲曰：「何柔荑乃爾？」杰正色曰：「王杰手雖好，但不能要錢耳！」和珅赧然。

我每讀此文，常感慨不已。王杰確實是忠志骨骾之士，對罪惡從不寬宥原諒，總是直道而行，面陳其過，而乾隆看起來也甚爲奇怪，明知和珅貪汙弄權，卻還是把他放在與王杰相同重要的位置。後來我終於弄懂，這是高明的統御術，總要讓下面的正反兩派鬥爭得你死我活，上位的才能予取予求，才能眞正的掌控一切。兩百年後的毛澤東，也是用同樣的方法，讓兩派互鬥不已，自己坐收漁利。對忠藎之臣而言，這種操縱的把戲是對他們的極大的侮辱，可是古代人老實，很少有人能體會。

王杰在朝廷，一直幹到七十八歲，嘉慶皇帝才准他致仕回鄉。王杰一生幾乎把清朝的大官都做完了，六部中他做過兩部尚書（部長），又是軍機大臣、大學士、首輔（相當宋以前宰相），但他從來沒有驕奢之氣，一生清廉自持，辭陛之日，皇帝命太子送行京畿之外，而王杰身邊，僅長隨一人，行李數件而已。嘉慶御製詩二章，其中有句：「直道一身立廊廟，清風兩袖返韓城。」可見皇帝對他了解之深，讚譽之忱了。

歷來史家論趙、王二人，多從登第名次、官秩高低看。以此觀察，王杰確實比趙翼幸運，他得到兩朝皇帝的重視，一個人如有治國治事的長才，必須要有適當的地位才可以發揮，而王杰確實也利用了這個機會，積極而正面的發揮所長。但除了這一點以外，王杰其他方面幾乎完全無法與趙翼等量齊觀，趙翼後來留下大量的史學與文學名著，成了清代重要的學者。而王杰據史傳說有《葆淳閣集》問世，但我翻查各圖書館藏書，竟不見有收藏者。《清史稿》記王杰事甚多，而記趙翼則僅僅數行而已，如僅以此判斷二人得失成敗，則這個判斷就顯得過分潦草了。

潘玉良

潘玉良（1895-1977）跟常玉（1900-1966）一樣，是二十世紀「流落」在法國的中國畫家，最後都死在異鄉。常玉的畫來自傳統的中國水墨，但用的是西方油彩的工具，他用線條在大幅的畫布勾勒圖形，圖形大部分是盆栽、瓶花，也有女人，特色是以粗線條繪成一個物體的形象，然後在空隙處塗上很淡的色彩，常玉的色彩是清淡又帶著憂傷感情的。他很少用西方的透視法，他的畫大多是平面的，缺乏立體感，但你不能說他貧瘠，說他缺乏變化。他善於用這樣單調的方式表現他孤絕的心情。人的孤單感其實是多層面的，也是因人而異且是變化多端的，常玉甚至把一幅盆花塗上滿滿的、令人慘淡欲絕的粉紅色，完全顛覆我們對色彩的成見。

這一點，潘玉良就完全不同了。她的油畫與水墨，都讓你覺得流動與飽滿，她流動與飽滿的感覺是線條帶來的，也是色彩帶來的。常玉的人與花像用鐵條焊在欄杆上的鏤空浮雕，他要讓你體會生命中停滯的、沉重的，甚至於絕望的感情。潘玉良的畫則明亮許多，最特別的是她對女性肉體的讚美，豐潤的臀部，毫不遲疑的肯定的線條，她常將女性腰部以下的曲線表現得淋漓盡致，絕大多數讓人具有母性的聯想，其中或者帶有一些肉慾的成分，但那些肉慾的成分都是經過昇華之後具有啓示意味的，這證明色情有時也可能像宗教般的莊嚴。

這可能與潘玉良的出身有關。據說她本姓陳，從小是孤兒，親戚收養她後改姓張。後來被賣入妓院，在她十八歲那年，被一位名叫潘贊化的人贖出納爲妾，從此改姓潘。潘贊化發現她有繪畫的天資，出錢讓她進入上海美專讀書習畫。一九二一年潘玉良以官費留學法國，入里昂中法大學，次年入巴黎美學院，便展開她在法國習畫與作畫的生涯，一九二五年又入羅馬美術學院，一九二八年她回國後，曾在上海美專與南京的中央大學任教，她曾擔任上海美專的西畫系主任。一九三七年再度赴歐，應是爲了參加巴黎的萬國博覽會及籌辦個展事宜，但因邀展不斷，又加上不久歐戰爆發，她便一直留在歐洲，直到一九七七年她死，從沒再回中國。

潘玉良的出身與經歷，是一部傳奇。她成名後，引起許多注意，但注意的焦點卻往往放在她離奇的生涯，包括她早年墮入風塵的故事，對於她是一個融中西藝術於一爐的畫家，對於她在藝術創作上的成就，卻往往不置一辭，這使得潘玉良越有名，她的眞實卻反而越不爲人知。繪畫是潘玉良生命中最眞實的部分，也是最精采的部分。

但如說早年的風塵經驗對潘玉良的創作無關也是錯的，她畫中有大量歌頌女性的主題，這與她早年「姊妹淘」的感情有關，妓院生涯中的女性關係，比一般社會上女性更有友誼、更互助，更曉得相互尊重與疼惜，所以那種關係反而是健康的。

潘玉良在她畫中大量運用西方繪畫中常見的色塊，加上國畫中的線條勾勒，使她的畫具有野獸派的敘事風格，但與馬蒂斯他們不同的是她的筆觸也許奔放豪壯，感情卻是細緻又婉約，她把女性的溫柔表現無遺。晚年的畫，又比較回到傳統國畫以線條取勝的素描上，國畫素描是很困難的，因爲不能塗改，往往須要「一筆定乾坤」。她在大幅的宣紙上畫了許多女體，女體以背面居多，重點依舊放在下半身。除此之外，她喜歡畫母親餵奶的景象，裸裎的母親累得睡著了，一個孩子趴在她臀部的後方，另個小孩腆著粉紅的小屁股，頭埋在母親的胸中正在吸奶呢，整幅圖畫讓人回復人生最原始的記憶，也是生物最初的記憶，生殖與哺育，是人與其他生命很少的共通的經驗，潘玉良的女性的美，跨越了文明，而直接觸及人類最幽深的、與所有生命共同享有的生命本質。

世間討論潘玉良的故事很多，甚至過多了，而討論潘玉良的畫，卻顯得過少，這確實是憾事。

傅雷遺書

傅雷（1908-1966）是我國著名鋼琴家傅聰的父親，他自己是有名的法國文學家，翻譯過許多巴爾扎克的作品，最有影響的是翻譯了羅曼．羅蘭的小說《約翰．克利斯朵夫》，還有傳記《貝多芬傳》，這兩部書使他馳名文壇。傅雷對歐洲從古典時期到近代的文學、藝術與音樂都有興趣，對音樂尤其關心，他對兒子傅聰與傅敏的教育十分踏實又認眞。傅聰從小就顯示了音樂的天賦，傅雷夫婦對他盡力培養，期望他能成爲一個音樂家。一九五五年，傅聰剛二十出頭，就被送到波蘭，參加蕭邦鋼琴大賽，雖然只得到三獎，但技驚全場，已爲中國增光不少。五○年代，中國在鎖國的狀態之下，有幾個人能被保送外國的？可見傅聰的特殊，也可見他背負的榮耀與責任。

鋼琴大賽後傅聰留在華沙繼續深造，後來各地邀約不斷，他逐漸成了一個蜚聲國際的演奏家了。不論傅聰在學習或在各地旅行，傅雷都與他書信往返，不曾間斷，八○年代，傅雷的次子將之整理出版，就是市面看到的《傅雷家書》。《傅雷家書》裡面當然以傅雷的書信爲主，但也包括了他的妻子朱梅馥（傅聰的母親）的書信，後來傅聰結婚，傅雷夫婦也用英文與他妻子「彌拉」通信，（彌拉的正式名字是 Zawira Menuhin ，是國際著名小提琴家曼紐因的女兒，可惜這段婚姻沒能維繫長久。）這些信都寫得很長，裡面談的多數是對文學、藝術或音樂的看法，傅雷雖精通英文法文，對中國傳統文學的了解也很深，傅雷寫信還一副老學者的派頭，他用毛筆直行書寫，中間夾有外文，也用毛筆直書，現在看起來，別饒趣味。

這裡要談的不是《傅雷家書》，而是「傅雷遺書」。傅雷夫婦是死於一九六六年九月三日，是在家中上吊自殺死的。他們在九月二日夜晚，由二人具名寫信給朱梅馥的哥哥朱人秀，這便是現在能見到的〈遺書〉了，信中說些他們決意赴死的理由，還交代了十三項「後事」，都是生活上的小事。〈遺書〉開始是這樣說的：

> 人秀：儘管所謂反黨罪證（一面小鏡子和一張褪色的畫報）是在我們家搜出的，百口莫辯的，可是我們至死也不承認是我們的東西（實係寄存箱內理出之物）。我們縱有千萬罪行，卻從來不曾有過變天思想。

一九六六年，是大陸瘋狂進行「文化大革命」的頭一年，傅雷在上海的住家，被紅衛兵抄搜，後來據傅敏的注解，才知道被搜出的一面小鏡，後有蔣介石的頭像，而一張褪色的畫報上，登有宋美齡的照片，這是稀鬆平常的舊物，何況還是在別人寄存的箱子找到，但在文革時代，卻成了「反黨」、「反革命」的證據，令傅雷百口莫辯，傅雷知道，光是這個罪名，就可將他們在眾人前羞辱折磨至死的。但更大的恐懼與陰影，來自他的兒子傅聰，傅聰自一九五五年被國家送到波蘭參加鋼琴大賽後就沒再回來，這也算了，他所在的波蘭同是共產國家，是中國的「兄弟之邦」，然而傅聰在一九五八年，突然離開了波蘭，跑到「英帝國主義」的倫敦去「定居」，對當時的中國而言，他的行徑等於是「叛逃」，罪行更是無可饒恕的。而這壓力，全加在國內的父母身上，傅雷在〈遺書〉中說：

含冤不白，無法洗刷的日子比坐牢還要難過。何況光是教育出一個叛徒傅聰來，在人民面前已經死有餘辜了！更何況像我們這種來自舊社會的渣滓早應該自動退出歷史舞台了！

無限的壓力，恐懼的未來，使他們不得不以死來尋求解脫，那種無助的悲哀，是沒有經歷過的人所無法想像的，我們沒有資格說他怯懦。但，我每重讀這篇〈遺書〉，卻想起傅雷初讀羅曼羅蘭《貝多芬傳》時的感想，他說：

唯有真實的苦難，才能驅除羅曼蒂克的幻想的苦難；唯有看到克服苦難的壯烈的悲劇，才能幫助我們擔受殘酷的命運；唯有抱著「我不入地獄誰入地獄」的精神，才能挽救一個委靡而自私的民族：這是我十五年前初次讀到本書時所得的教訓。

傅雷並沒有克服他生命中的苦難，也沒戰勝壓在他身上的殘酷的命運，那需要極大的生命力量，當然，也需要一點點致勝的機會。傅雷的苦難，令人不勝欷歔，而整個中國的苦難，卻連我們想欷歔也有所不能了。

沉淪

我上次在〈傅雷遺書〉文中說傅雷夫婦是於一九六六年九月三日在家中上吊自殺而死的，這說法不完全正確。我最近看到大陸出版的一本傅雷傳記，由於大陸對傅雷自殺仍是禁忌，有關這部分的交代並不太清楚，但依然可以看出是傅雷先服毒自殺，死後兩個小時，他太太朱梅馥才上吊而死。而且據說她是用絲巾在窗欞上打了個結，然後將頸子套進去而死的，這顯示她在「照顧」了傅雷的死後才從容的自經，朱梅馥對死的勇氣與沉著，似乎比傅雷還來得堅定。

傅雷夫婦是受到共產黨迫害的人，他們死的那年，正是文化大革命如火如荼進行的第一年，而那場使千萬生靈塗炭的文化浩劫完全是由毛澤東一人發動的，毛澤東根本沒想要建立什麼新的價值，也沒有什麼確定的文化觀，他只是想要無賴、鬧革命來掃除反對勢力，鞏固他的領導權罷了。然而傅雷生前，尤其在五〇年代，他對共黨中國是充滿著浪漫的想像的，他對毛澤東「英明」更是拜服得五體投地。他在一九五七年三月十八日寫信給在波蘭的兒子傅聰，信中敘述他到北京參加了中共中央全國宣傳工作會議，會中聆聽了毛澤東的訓話，他的感想是：

毛主席的講話，那種口吻、音調，特別親切平易，極富於幽默感，而且沒有教訓口氣，速度恰當，間以適當的 pause，筆記無法傳達。他的馬克斯主義是到了化境的，隨手拈來，都成妙諦，出之以極自然的態度，無形中滲透聽眾的心。講話的邏輯都是隱而不露，眞是藝術高手。

可見他對毛的欣賞及讚嘆。他在信中又提傅聰在外國學習時遇到低潮時，要想到：「你的爸爸舉著他一雙瘦長的手臂遠遠的在支撐著你；更想想有這樣堅強的黨、政府與毛主席，時時刻刻作出偉大的事業、發出許多偉大的言論，無形中但是有效的在鼓勵你前進！」他對中共的政治，充滿著幻想，對毛澤東的各項舉措，更有無限的憧憬。

事實不只是傅雷，當時其他的學界人士、文藝人士，對中共及毛都是一樣的幻夢連連，毛澤東只要一舉旗，全國爲之瘋狂，所向爲之披靡，毛說的話不管是如何的荒誕無稽，也沒人指出它是錯的。五〇年代，毛澤東要把他認爲的文化毒草一一拔除，就發起了百家爭鳴、百花齊放運動，鼓勵大家鳴放，把對中共與他本人的不滿一古腦的全說出來。想不到他在每個說話人的腦袋上做了記號，事後他「按圖索驥」，把那些不滿分子都揪了出來，定了他們的罪，毛澤東非但不以爲恥，反而洋洋自得，把這害人伎倆稱做是「引蛇出洞」。毛澤東習慣把天下人都玩弄在他的股掌之中，被他玩弄的人反而覺得光榮，不覺恥辱，更沒人站起來說他錯了，說他至少不該用欺騙的方式玩弄國人。十年文革更慘，中國有近十億人民，竟然沒有一個人反對，很簡單，他在事先預做了處理，凡有一點點良心、有一點點可能說話的人，都被他事先閹割殺害，傅雷夫婦就是例子。萬里江山，殺聲震天，被殺的人卻出奇的寧靜；千年古國，被一片血紅掩蓋，沒有任何其他的顏色，竟像暗房一樣的色調單純，彷彿中國人的觸角都被麻痺，痛覺神經都被挖除了，那是一種特殊的集體催眠經驗，整個中國都沉淪其中。

傅雷對毛的憧憬，與當時許多學者、文藝家一樣，充滿著複雜的意象，不是一兩句話能夠說明白，但我從不懷疑他的眞誠。一九五八年傅聰「逃」到英國，對傅雷夫婦是場致命的打擊，一方面要承受社會的壓力，一方面傅聰的事讓他看出某些事實，他對中共如夢的幻想逐漸破滅，我覺得後者使他受傷更重。「家書」依然維持，但很少再談身邊的生活瑣事，一九六四年十月，傅雷寫信給傅聰，信中說：

> 我們比什麼時候都更想念你，可是我和媽媽都不敢談到你；大家都怕碰到雙方的傷口，從而加劇自己的傷口。

幸虧傅雷在傷口還未迸裂到影響、扭曲自己人格的時候就自殺身亡了，如果他「拖過」了文革，十年後猶視息人間，生死與榮辱在周邊不斷起伏變化，讓他看盡了人生，到那時候，他對藝術還會保持那麼敏銳的觀察與體會嗎？

輯二·詩

登幽州臺歌

唐初陳子昂（661-702）有首很怪的短詩，詩名叫〈登幽州臺歌〉，總共只有四句，詩曰：

前不見古人，後不見來者。念天地之悠悠，獨愴然而涕下。

這首在古詩中算是五、六言的雜言詩，像這樣的雜言詩因為很少有人作，作品就很難歸類。這首詩最長的句子是後兩句，可以算是六言古詩，但翻開中國詩史，六言詩極少，詩選總不能為之專列一章，而詩中有「一半」多於五言，習慣又不能算是五言古詩，清代蘅塘退士孫洙（1711-1778）在編《唐詩三百首》的時候，就乾脆將它編入「七言古詩」中，細考起來是很不合適的，因為在全本《唐詩三百首》中，只有這一首「七言古詩」是一句七言都沒有的呀！

從「七言詩」的角度看，它是一首怪詩，但這不是陳子昂的錯，他在寫這首詩的時候，並沒有考慮後人編輯的困難。不過在讀這首詩的時候，還是讓人覺得怪，怪不在它是五、六言，而在於它的句式。所謂句式是指句子構成的方式，傳統詩最多的是五、七言，五言是指一句共五個字，七言是七個字，這五個字與七個字印在紙上，彼此的空間與距離是一樣的，然而讀起來卻很不同。如以杜甫的〈春望〉詩爲例：「國破山河在，城春草木深。」讀的時候並不是每個字都讀成一樣長，而是讀成「國破／山河在，城春／草木深。」也就是在五言詩中，上二下三是固定的句式，如讀成上三下二如「國破山／河在，城春草／木深」就不對了，詩人也是依據這個句式寫詩的，句中的「山河」、「草木」是不可分讀的，如硬要讀成上三下二，不但意義上可能產生錯解，在聲調上，又會覺得拗口。〈登幽州臺歌〉前二句五言，它的句式「前不見／古人，後不見／來者」，嚴格說是不太符合五言詩的寫作習慣的，這使得初讀這首詩的時候，令人覺得並不是那麼順利流暢，這兩句詩比較像散文裡的句子。

後兩句六言更怪，「念天地之悠悠，獨愴然而涕下」，六字連讀不作停頓，可能更覺沉雄，如一定要分讀，大致只能讀成上一下五的句式：「念／天地之悠悠，獨／愴然而涕下」，其他分讀皆不宜，這兩句詩，老實說，就更像是散文了。

爲什麼這樣寫出來的詩，竟成了千古傳誦的好詩呢？陳子昂流傳下來的詩並不多，也沒人記得他其他的詩作，唯獨這一首，是任何人都無法忘記的，是因爲它的短或怪嗎？都有可能，但重點並不在此。

重點在這首詩描寫的是人類生命中的一個共相，那就是孤獨。任何人都有孤獨的經驗，有的人經歷得很短，但那個經驗會令他終生難以忘懷，有的人經歷的孤獨很長，甚至終其一生都陷於孤獨之中，對孤獨的體會就是徹骨的深入。尼采說人必須在孤獨中證明自己的存在，人也必須經孤獨來衡量生命的價值，體會生命中最精微的意義。而這首詩所表現的，就是這一層意義。

孤獨是在環境中覺察出自己渺小，因無助而感覺徬徨，在遼闊的宇宙間，特別容易興出這種感覺。然而中國人的宇宙觀有別於西方人，中國文字的「宇宙」包括了兩個層面的含意，一個是空間（宇），一個是時間（宙），這與英文中的 Universe 是不一樣的，因此，中國人的孤獨感就比西方人要更爲複雜，中國人的孤獨感總包括了時間的因素，如「前不見古人，後不見來者」指的就是時間，人不僅在現居的世界上是孤獨的，在古往今來的歷史上也是孤獨的，如此的絕緣又絕對，他是個在周圍沒有朋友、在過去沒有知音、在未來也不可能有任何人能夠了解的人，他無依無傍，形單影隻得如此徹底，人在這種孤絕的境地，除了悵然涕下之外，還能做什麼呢？

孤獨眞是無醫可醫、無藥可救，但讓他人知道世上還有人是孤獨的，甚至比他還要孤獨，那他的痛苦便可能減輕，這是陳子昂的貢獻。羅曼・羅蘭（Romain Rolland,1866-1944）在他長篇小說《約翰・克利斯朵夫》的首卷題詞中寫道：

> 戰士啊，當你知道世上受苦的不止你一個時，你定會減少痛苦，而你的希望也將永遠在絕望中再生吧！

短短的陳子昂，長長的羅曼・羅蘭，所說的，其實都是一樣的呢。

將進酒

從成都到九寨溝如果選擇逆時鐘的方向走的話，會先經過德陽，那裡有三星堆的遺址，在博物館，可以參觀蜀地的史前文化遺物，有些與中原很近似，有些與漢文化相差很遠，充滿蜀國的地方特色。再上去，會經過綿陽，此城目前是大陸的高科技城，有點像新竹工業園區，規模則比新竹的要大，是有關電子、化學，以及航天的研究開發的基地。此城受高科技影響，全城清雅整潔，是大陸極少見的城市景象。此地名勝有子雲亭，傳說是漢代大儒揚雄少年讀書的地方。綿陽再上去，會路過一個很有農村味的小縣城，名叫江油，這裡可有一個有名的古蹟呢，那就是詩人李白的故居。

李白（701-762）的籍貫一直是歷史上的謎，至今還沒有完全解開來。一說李是隴西成紀（今屬甘肅省）人，一說李是蜀人，一說他是山東人，這由杜甫與元稹都曾在文中稱他「山東李白」可證。清代王琦（字琢崖）編《李太白全集》，書後有〈年譜〉，曰：

> 據太白詩文自述，系出隴西漢將軍李廣後，於涼武昭王爲九世孫。當隋之末，其先世以事徙西域，隱易姓名，故唐興以來，漏於屬籍。至武后時，子孫始還內地，於蜀之綿州家焉。

這個說法比較周到，李白先人因罪被放逐西域，後來住在隴西，直到唐代武后時代，才遷居四川綿州（今綿陽）。至於杜甫等人稱他山東人，可能不是指他的籍貫，而是杜氏寫文章時李白正好住在山東，因爲白父曾爲山東任城尉。不過說李白是山東人的說法，以前相信的人很多，《舊唐書》及《南部新書》都採這個說法，《南部新書》還特別指出俗稱李爲蜀人是錯的。可見史上對李白籍貫的判斷相當混亂。

不管眞正籍貫何處，李白出生四川，或是出生外地幼小時遷居四川，二者也許不能確定，但李白自童年至青壯在四川長期居住，應該是可以確定的事。直到二十五歲那年，他才「出遊襄、漢，南泛洞庭，東至金陵、揚州，更客汝、海，還憩雲夢。」在此之前，李白一直住在今天的江油附近，最多到達成都、峨眉一帶，因此江油的李白故居，應該是一個十分值得珍惜的古蹟了。

故居在一小山坡上，我們拾級而上。屋舍儼然，尚稱雅潔，但所有陳設，少見古物，房屋庭園，均爲新修，走道立一李白雕像，爲大理石材質，與成都少陵草堂一樣，新舊、中西夾陳，不倫不類。細雨中，我心緒頗爲寥落，後來想到，眼前遠岑近樹，或者與千年前李白所見相同，心中才略爲舒坦起來。

故宅左側有一新修花園，其中有一仿羅馬石柱之碑林，排列半圓形，石柱與地面皆以花崗岩爲材質，上刻李白詩作，多爲當今大陸書法家之作，有數幅字尚不惡，但放在西式園林結構中，不管怎麼看，都不搭調。更遠削石爲壁，上刻毛澤東草書李白〈將進酒〉一篇，毛自命爲曹操式的梟雄人物，隨時想模仿阿瞞橫槊賦詩的味道，毛書全用側鋒，自以爲雄健過人，而其實筆力貧弱，處處佻達求勝，但輕媚淺俗，可謂一無是處。更可憐是毛書兩旁，各置明代大書法家徐青藤與祝枝山之行草一篇，徐書〈廬山謠〉，祝書〈蜀道難〉，二人於書道根器極深，字字有來歷，又具獨創性，典雅方正，雖草書而一筆不苟，毛書任誕輕率，漫不經心，一比就高下立判。我懷疑該園的設計師可能對毛極爲不滿，否則爲何將毛書與徐、祝之作並列？

李白的〈將進酒〉，確實是唐詩中最經典的作品之一。這首詩並不叫人憂國憂民，而是叫人體會生命的脆弱與短暫，所謂「高堂明鏡悲白髮，朝如青絲暮成雪」。人生既是短促又脆弱，我們該如何面對呢？李白在詩裡說：「人生得意須盡歡，莫使金樽空對月。」也就是說我們應好好把握人生的每一刻，盡量的欣賞、享用，累積財富與權力，都是傻瓜的行徑，所謂：「鐘鼓饌玉何足貴，但願長醉不願醒。」這表面看是醉鬼的人生觀，但一般人也用得上，人應看重自己的生命、珍惜所得，能飲酒固然很好，不能飲酒，也要試著放鬆自己，欣賞尚未完全落下的月光，嗅嗅還未謝去鮮花的香味，……我突然想起D．H．勞倫斯在《戀愛中的女人》小說中藉一個女子的口說：「我們快快戀愛吧，趁蠟燭還有一些幽光。燭熄了，就一切沒了！」好一個「燭熄了，就一切沒了！」生命匆匆，稍縱即逝，李白的生命情調與勞倫斯的，幾乎是一模一樣的呢！

槐葉冷淘

台大男生宿舍與教師宿舍區所在的長興街，種了兩排名叫阿勃勒的樹爲路樹。阿勃勒光聽名字就知道是一種外來的樹種，屬於落葉喬木，在中文「喬」是高的意思，阿勃勒算高但不頂高，最多只能長到兩層樓房的高度，稱它作喬木，大概是把它拿來與灌木相別罷了。阿勃勒樹相並不算太好看，樹幹是一般的樹幹，沒有什麼特別，葉子也不很濃密，倒是它一年開兩次花，花期雖不頂長，花開的時候，一串串嫩黃色的花，像歐洲考究場合的燈飾，在陽光下閃爍，十分美麗。每次看到阿勃勒花開，我便想起槐樹來。它與槐樹的姿態並不相同，葉子也不像，相同的是它盛大的、黃顏色的花，像葡萄掛在葉端，卻比葡萄輕盈亮麗，花落的時刻，像許多黃蝶在空中飛舞。

槐樹是中國北方重要的樹種。槐樹生命力強，生長緩慢，可活數百年，所以許多祠堂寺廟附近，除了松柏之外，就數老槐爲最多了。槐樹在傳統典籍中也經常出現，《周禮》〈秋官〉云：

「面三槐，三公位焉。」注曰：「槐之言懷也，懷來人於此欲與之謀。」依周朝的古禮，朝廷最大官「三公」，上朝所站位置，正好面對三株槐樹，後來「三槐」就成了吉祥無比的象徵，祈望子孫能出將入相的，通常在家裡種上三株槐樹，把廳堂取名爲「三槐堂」，蘇東坡就有〈三槐堂銘〉，記宋初王旦的故事。不過槐樹生長緩慢，祈願嘉樹成蔭，必須好幾代的工夫，不是說成就成的。

《左傳》宣公二年記晉靈公昏庸荒唐，大臣宣子屢屢嚴諫，靈公患之，派鉏麑殺害他。鉏麑一大早潛入宣子家，想不到大門已開，宣子穿著正式朝服準備上朝，因爲實在太早了，便坐在那兒睡著了。鉏麑感嘆道，宣子如此恭敬其事，證明他是一個替人民服務的好官，當時還沒有「替人民服務」這樣的說法，《左傳》原文是這樣寫的：「麑退而言曰：不忘恭敬，民之主也，賊民之主不忠，棄君之命不信。」意即我如殺此好官就算不忠，但背棄君命，又是不信，「有一於此，不如死也。」所以他便「觸槐而死」。槐樹不只是高官的象徵，它與松柏竹菊一樣，有豐富的道德與美感的意涵。

槐樹花採下漉汁是很好的染料，抗戰前不論國軍或共軍，粗布軍裝都是靠槐花汁染成，那種邋遢的土黃色，是保護色也是諷刺的顏色，終其一生的跟隨著這些「丘八老爺」，成爲他們生命中揮之不去的記憶。也許是光榮，也許是屈辱，也許什麼也不是。

杜甫有首名叫〈槐葉冷淘〉的詩，這首詩寫於大曆二年丁未（767），時客居夔州瀼西，朱鶴齡注曰：「以槐葉汁和麵爲冷淘」，可見槐葉可食。杜詩前半段曰：

青青高槐葉，采掇付中廚，新麵來近市，汁滓宛相俱。入鼎資過熟，加餐愁欲無，碧鮮俱照葤，香飯兼包蘆，經齒冷於雪，勸人投此珠。

槐葉汁拌涼麵爲食，「經齒冷於雪」，應該是一種清涼解饞的美味。《本草綱目》似有載，謂槐葉亦可代茶葉，可見槐樹全身都有功用，葉可食，花可染，而樹又富各種意涵與聯想，在中國，它可是一種寶樹了。

在臺灣，卻見不太著這個樹種，大約它適合的是大陸北方比較乾冷的天氣。一九八九年我到北京臥佛寺參加一個慶祝五四運動七十周年的學術討論會，當時正是「六四」一個月前，天安門廣場聚集了大批群眾，學生運動始燃即有不可遏阻之勢。學術討論會與會者心情亢奮緊張，會中議論風發，人皆躍躍，有舍我其誰的味道。走出臥佛寺，漫天蓋地的都是古老的槐樹，春夏之交，北國氣溫尙嚴，槐葉隙中，開著一串串黃色的槐花。一個曾在四川當過紅衛兵的女士，採下一串黃花，用手指掐揉，爲我們示範她們當年困乏時染布的方法，觀者甚多，別人感受如何我不知道，而我的感受是：貧困時也有貧困時的尊嚴。

感動一沉吟

我乘坐我朋友的新車。新車裡的皮件發著好聞的氣味，引擎強勁有力，油門一踩，車就靜靜的開出，一點聲音都沒有似的。空調安寧舒適，據朋友說這是「恆溫空調」。儀表板的設計十分優雅，那是高級金屬與塑料製品才見得出來的線條與色澤。朋友把音響打開，放的是巴哈的十二平均律。音樂透明而清朗，雖然只是鋼琴演奏，但空間感十足，朋友要我猜猜是誰彈的。我想一定不是顧爾德彈的，顧爾德的風格太自我，他總無法掩飾興奮之情，演奏時常會哼出聲來，還有他的節奏也比較強烈，偶爾有些爵士樂的味道。也不該是康普夫彈的，他的時代，錄音還沒有辦法做到這麼清晰透明的地步。李希特彈的版本很有名，但錄音還是有點含混，這樣說來，只有席夫（András Schiff）的迪卡錄音可以致此，不過席夫彈巴哈太冷了，車裡聽到的這個唱片卻不是那麼寒風刺骨的，鋼琴的尾音在小空間裡迴盪，偶爾出現難得的溫暖的感覺。我把我的猜測與懷疑告訴朋友，他很高興的說正是席夫彈的，他說他也覺得席夫彈得比較冷，但開車聽最好，正可以提神醒腦，至於我覺得溫暖，也有可能，那是因爲我們坐在車裡，看著玻璃外的街景在不斷向後流逝，心中緊張又興奮，影響了對音樂的感受，他說。

我問他舊車怎麼了，他說舊車用了十年，須不斷換零件與保養，已到了不值得「維持」下去的地步，所以他以極低的價錢折價買了新車。那部車子再修也不太能開了，車廠可能已經將它拆解，現在也許成一堆廢鐵了，我的朋友說。我看他的表情，他對那部讓他使用了十年的舊車目前的遭遇，似乎沒有一點惋惜的樣子，我想這是現代人的堅強之處。

我突然記起杜甫有首詠自己坐騎的詩，詩名就叫〈病馬〉，詩曰：

乘爾亦已久，天寒關塞深。
塵中老盡力，歲晚病傷心。
毛骨豈殊眾，馴良猶至今。
物微意不淺，感動一沉吟。

許多評杜詩的人，喜歡把這首詩看作借物興懷，猜測杜甫此作，是藉詠馬來發抒自己心中之塊壘。他的塊壘何在？杜甫在安史亂之前，曾獻三大禮賦，祈望玄宗能用自己的匡濟之才，但玄宗只任命他一個極小的職位，後來肅宗即位靈武，杜甫又千里投奔，在路上吃了不少苦頭，不久總算見到天顏，所授亦一左拾遺的閒職。杜甫數年來奔走道途，想爲國家效驅馳之勞，但所至徒然，看到坐騎老病，便想起自己其實也一樣，不免對仕途前景灰心起來，他在〈旅夜書懷〉中不是說「名豈文章著，官應老病休」嗎？這首詩分明是以馬自喻。

這個說法也許有根據，然而卻把杜甫看低了。杜甫其實是個多情的人，他看到馬老了病了，自然興起悲憫之心，並不見得會想起自己，申涵光說得最好，他說：「杜公每遇廢棄之物，便說得情性有關。」意指每當不得已要丟棄一件東西的時候，哪怕那東西多麼微不足道，都會動起不捨的感情，這即是詩中「物微意不淺，感動一沉吟」的意思。仇兆鰲在《杜詩詳注》中引《說苑》故事：

田子方出見老馬於野。問御者曰：「此何馬也？」對曰：「故公家畜也。罷而不能為用，故出放之。」田子方曰：「少盡其力而老棄其身，仁者之所不為也。」命束帛贖之。

仇注杜詩，可能不是說明典故，而是說中國歷史向來重視仁者的胸襟與修養，而仁者對世事的關懷是一樣的，「少盡其力而老棄其身，仁者之所不為也」這句話，可能由田子方說，可能由杜甫說，也可能由任何一個具有慈悲人性的中國人說出來。當然一匹馬老了、病了甚至死了，仁者並沒有辦法可以「解決」，但人間之有意義，豈不是因為還有一點悲憫與溫情嗎？溫情就是溫情，溫情並不是拿來解決什麼事務用的。

我對我朋友的態度不太以為然，但就是他深陷悲憫、深以為憾也不能解決什麼問題，何況也實在沒有任何問題需要解決。一部車子老了、壞了，就只有廢棄一條路，我們該怎麼辦？對之大哭一場嗎？我當然不是這個意思，然而我的意思是什麼？我卻一時也說不怎麼出來。

新車很舒適，我朋友駕駛技術流暢極了，只是唱片裡的平均律，又覺得冷了起來，剛才溫暖的感覺，一下子又不知怎麼的消失無蹤了。

落葉滿長安

中唐以「苦吟」著名的詩人賈島（779-843），詩壇流傳他的故事不少。賈島早歲貧苦爲僧，法名無本，住錫東都（洛陽）時，令尹規定寺僧午後不得出寺，形同大半天禁足，賈島作詩自嘲：「不如牛與羊，猶得日暮歸。」後來遇到韓愈，韓愈叫他還俗，並習文應舉，但他也許「不善程式」，屢試不第，弄到朋友如不周濟他就無法舉炊的地步，比當和尚還要困頓得多。

賈島的故事，多以他窮困的生活與苦吟的詩作有關。最有名的例子是元代辛文房的《唐才子傳》中寫他：

> （島）雖行坐寢食，苦吟不輟。嘗跨驢張蓋，橫截天衢，時秋風正厲，黃葉可掃，遂吟曰：「落葉滿長安。」方思屬聯，杳不可得。忽以「秋風吹渭水」爲對，喜不自勝。因唐突大京兆劉棲楚，被繫一夕，旦釋之。

這個故事初見於五代時王定保撰的《唐摭言》中，《新唐書》本傳也說他：「當其苦吟，雖逢值公卿貴人，皆不之覺也。一日見京兆尹，跨驢不避，謼詰之，久乃得釋。」大約賈島吟詩時常有忘我的舉措，在路上，遇到大官也不避，所以後人附會了「落葉滿長安」的故事。

這兩句來自他的五律〈憶江上吳處士〉，原詩爲：

閩國揚帆去，蟾蜍虧復團。秋風吹渭水，落葉滿長安。此地聚會夕，當時雷雨寒。蘭橈殊未返，消息海雲端。

由首句「閩國揚帆去」，知道詩中的吳處士是福建人，其餘就不清楚了。這首詩除了頷聯之外，並不算有什麼驚奇之處，歷來詩家討論，便集中在詩中的三、四句。明代詩人謝榛的《四溟詩話》及王世貞的《藝苑卮言》都極力稱道這兩句，一個說它「氣象雄偉，大類盛唐」，一個說它「置之盛唐，不復可別」。明代復古派的理論是文必秦漢，詩必盛唐，認爲「大曆以下不足觀」，兩個宗師式的人物以「盛唐」標舉賈島，可見推崇之隆。這兩句詩的好處除了氣象高遠之外，語出自然更是重要的因素，完全看不出有什麼雕琢的痕跡，後世卻附會他鍛字鍊句的故事，確實是個諷刺。

還有一個例子是「鳥宿池邊樹，僧敲月下門」。傳說賈島對詩中用字十分挑剔，當他寫下「僧敲月下門」句子的時候，突然懷疑用「敲」字不如用「推」字好，寫定了後，又覺不妥，走在路上猶「推敲」不已，正在喃喃自語的時候撞上了京兆尹韓愈，（又是京兆尹，只不過換上了韓愈。）韓愈問明緣由，跟賈島說：「作敲字佳矣！」故事見五代何光遠《鑒誡錄》及王保定的《唐摭言》。此二句雖有名，但《四溟詩話》以爲仍不如「秋風吹渭水，落葉滿長安」，我也以爲如此，原因是「推、敲」終見斧鑿痕，不如「落葉滿長安」的神完氣足。

如只以「苦吟」來看賈島的詩，可能會把他看小了，也看錯了。一天晚上，我輾轉不能眠，隨便找出《賈長江集》看，（賈島一號長江，因他晚年曾被授長江主簿職。）看到其中一首名叫〈口號〉的詩，詩曰：

中夜忽自起，汲此百尺泉。林木含白露，星斗在青天。

「口號」意指隨口吟成，與不假思索的「口占」相似。這首詩，記事寫景，完全白描，有魏晉古風，自然可喜。又見〈劍客〉一首，詩曰：

十年磨一劍，霜刃未曾試。今日把似君，誰爲不平事？

這一首眞是嚇死人的好詩呀！「把似」即「奉贈」，是唐時的習慣語。這詩用現代話來說是：今天我把磨了十年的劍送給你，你看看有誰在作不公平的事呢！這首詩令人心驚、令人心寒，自己卻威風凜凜。清代李瑛在《詩法易簡錄》中說此詩：「豪爽之氣，溢於行間。」岳端《寒瘦集》說：「通首雄壯，忽以問辭作結，更覺意味不盡。」吳敬夫更說：「遍讀〈刺客列傳〉，不如此二十字驚心動魄。」這首詩展現了詩人鮮活又強盛的生命力，提刀四顧，躊躇滿志，賈島的詩，豈「苦吟」一辭能涵蓋的呢。

王荊公詩

王安石（1012-1068）字介甫，後人多稱他王荊公，他是個孤獨又奇特的人。他曾受知於宋神宗，讓他領導變法，但他的變法取法太古，企圖太高，引起激烈的反應，加上王安石本人是個極具創作力的文學家，而不是個善於與人談判妥協的政治家，他自認為自己的理想高岸，只要皇帝信任授權便無往不利，卻不曉得政治這件事，必須先講人和，要創造「共同利益」與人共享，至少要想辦法說服左右的人，也許不全能與你「同志戮力」，但至少不能成為絆腳石。然而王安石逞意氣，反對的人愈多，他突破重圍的決心就愈堅強，變法的失敗，當然與新法的本身有關，而眞正關鍵的，是他自戀又倔強的性格。《宋史》本傳說：

昔神宗欲命相，問韓琦曰：「安石何如？」對曰：「安石爲翰林學士則有餘，處輔弼之地則不可。」神宗不聽，遂相安石。嗚呼！此雖宋氏之不幸，亦安石之不幸也。

《宋史》說得很對，王安石的位子坐錯了，他絕對是個好的翰林學士，因爲翰林學士只處理文學之事，他不該做宰相，卻做了宰相，這眞是不幸。王安石不只是文學家，而且是很傑出的文學家，他的散文與詩都寫得好。在古文上，他被明人選爲「唐宋八大家」之一，文名早經肯定。在詩上面，他雖不能算是宋朝最重要的詩人，但也算是很有影響力的作家。王安石的詩，與他性格有類似之處，便是奇倔詭異，一反潮流。北宋初年，詩壇領軍的是崇尚晚唐華靡詩風的「西崑體」，到慶曆年間，歐陽修、蘇舜欽、梅堯臣、王安石等人才力挽頹風、試圖振作，眞正宋詩的精神，應從慶曆以後說起。

安石詩喜發議論、搬典故，這其實是宋詩的特色，當然也是後來「崇唐派」所貶抑的原因。錢鍾書在《宋詩選註》中批評王安石的詩說：

他比歐陽修淵博，更講究修詞的技巧，因此儘管他自己的作品大部分內容充實，把鋒芒犀利的語言時常斬截乾脆得不留餘地、沒有回味的表達了新穎的意思，而後來宋詩的形式主義卻也是他培養了根芽。

錢鍾書對王安石詩的批評很有道理，但不很客氣，譬如他又說王詩「往往是搬弄詞彙和典故的遊戲、測驗學問的考題。」但我們如回到王安石所處的時代，爲了拯救華靡不實、已入俗套的詩風，故意造些拗嘴的句子，說些別人不懂的典故，或者乾脆以散文入詩，恐怕是挑戰當時文學風氣不得不採的辦法。他有首題名〈杜甫畫像〉的古詩，後半段如下：

> ……吟哦當此時，不廢朝廷憂。常願天子聖，大臣各伊周。寧令吾廬獨破受凍死，不忍四海赤子寒颼颼。傷屯悼屈只一身，嗟時之人我所羞。所以見公像，再拜涕泗流。推公之心古亦少，願起公死從之游。

這首詩甚怪，五言、七言、九言夾雜一處之外，「寒颼颼」、「傷屯悼屈」、「嗟時之人」都是很怪很拗口的句子，他似乎故意要用這種怪招來凸顯他對杜甫的崇拜之情。另外，他的詩特別注意練字，要求典故貼切，「一水護田將綠繞，兩山排闥送青來」（〈書湖陰先生壁〉）、「春風又綠江南岸，明月何時照我還」（〈船泊瓜洲〉），都是有名的例子。王安石詩充分反應了他的人格，孤高、彆扭、不喜與人同調。

新法失敗，王安石成了眾矢之的，他黯然引退，晚年出判江寧府（今南京），此後一直到死，他都住在南京。王安石自住南京之後，便遠離了是非的政治圈，而恢復了文學家的生涯，他這時的作品很多，境界更高，眼界更廣，因爲生活恬適的緣故，詩變得親切可愛起來。他晚年寫了很多七絕，被認爲是他詩中的精金美玉，黃庭堅說：「荊公詩暮年方妙」，指的就是此而言。他有〈雜詠五首〉，是這時的代表作，今錄二首如下：

朝陽映屋擁書眠，夢想鍾山一慨然。投老安能長忍垢，會當歸此濯寒泉。
小雨蕭蕭潤水亭，花風颭颭破浮萍。看花聽竹心無事，風竹聲中作醉醒。
從每首的後兩句看，此老醉醒之間，猶有懷抱寄託，身雖歸隱，心還是不甚平靜呢。

白下春老

江西臨川在歷史上出了兩個重要人物，便是北宋的王安石與晚明的湯顯祖（1550-1617）。王安石是政治家、文學家，而湯顯祖呢，他是極有分量的劇作家，他的四部「傳奇」被文學史家稱作「臨川四夢」，其中的《牡丹亭》尤膾炙人口，到現在猶在兩岸演出不輟。湯顯祖是劇作家之外，也是詩人，也好發議論，晚明思想界重要人物如王龍溪、羅近溪、李卓吾等都與他有交往，他的散文在明代也有地位。王安石與湯顯祖都以文學著名，但王安石曾經兩度拜相，位極人臣，他又推行新法，在政治上影響十分深遠，而湯顯祖只作過幾任小小縣官，他曾被貶到廣東徐聞做過典史，徐聞在雷州半島的北端，是現在通往海南島的中途站，在政治上，湯顯祖是無法與王安石相提並論的。

兩個人在性格上還有一個共通點，就是脾氣倔強，不與世苟同。王安石在生前便被人稱爲「拗相公」，在政壇很少朋友，當時名臣歐陽修、司馬光都與他處不好，他跟司馬光一度形同水火，王安石死，司馬光在病中得知消息，致函朝中謂：「介甫（安石字）無他，但執拗耳。今日贈卹之典，宜從優厚，以振起澆薄之風。」一方面可見古人仁厚，另方面可見安石確實「執拗」。湯顯祖的倔強在於對藝術的堅持，他寫《牡丹亭》有些地方不合當時用韻及演出的習慣，有人建議修改，他抵死不從，對人說：「弟在此自謂知曲意，謂筆孏韻落，時時有之，正不妨拗折天下人嗓子。」可見湯顯祖也是個自信滿滿、不聽人勸的劇作家。

有一年我與朋友暢遊江西南昌，與當地學者閒談，忽談起江西先賢王安石，當地朋友問我到過臨川沒有？我答以未曾，朋友說臨川的土話是出了名的難懂，他們不但沒有國語的捲舌音，國語的ㄉ、ㄌ、ㄓ、ㄖ都念成ㄉ，我突然記起我在當兵時，有位同事排長就是這麼說話，他說話幾乎大半人都不懂，急起來總是比手畫腳的，他就是臨川人呢！當時我想起，那被人稱作「拗執」的王安石，還有寧「拗折」天下人嗓子都不願更易一字的湯顯祖，他們不都是臨川人嗎？可能是由於他們的語言，讓他們難以與人溝通，長期以往，他們如堅持的話，就被人目爲怪人了。

清代學者顧棟高編的《王荊公年譜》中有段記王安石晚年罷相居蔣山的文字，文甚傳神，曰：

> 居蔣山（即南京鍾山），矮屋數椽，暑月不能堪，輒折松架棚，露坐其下。築別館於南門外，去蔣山不數里而近，平日乘一驢，從一二僮遊諸山寺，欲入城，則乘小舫，隨潮下行，閒或徒步。所居之地，四無人家，其宅僅蔽風雨，又不設垣牆，望之若逆旅然。

有人謂王安石爲官清簡，政令急切，原來他待己亦刻苦如此。在我研究室壁上，掛有一幅容肇祖先生爲我寫的條幅，條幅上寫的是一首王安石的詩，正是他閒居江寧時的七絕，詩題是〈暮春〉：

芙渠的歷抽新葉，苜蓿闌干放晚花。白下門東春已老，莫嗔楊柳可藏鵶。

白下即南京，鵶即鴨。這首詩把王安石晚年的心境寫得透闢極了，繁華皆去，春光已老，但芙渠新葉，苜蓿晚花，亦頗不寂寞，亭亭柳蔭，似乎並無動靜，但蔭下群鴨，隨時可能鼓譟啼鳴，顯示生命雖已向晚，猶藏有無限消息，亦有無限可能，實不可草草帶過也。

這幅條幅，容肇祖先生以小篆書寫，落款部分則以隸書。記得一九八九年五四剛過，六四前夕，我到北京的中國社科院宿舍拜訪容先生，容先生是著名明代思想史專家，著有《明代思想史》、《李卓吾年譜》等書，當年他已九十二高齡，告訴我猶每天騎自行車到菜市場買菜呢，可見生命力旺足。當時北京的氣氛熱鬧又緊張，學生已在天安門聚集，誰都不知道明天會不會出事，如果出事，大半應該是好的消息吧，這是容先生說的，不料六四卻是那樣的結局。數年後，容先生過世了，那年春暮學生掀起的民主運動也消沉無消息了，現在的大陸，成了世界最大的商場，裡裡外外，每個人都以賺錢爲念，而兩岸局勢，亦大異於往昔……。每看到壁上的王詩，「白下門東春已老」，心中不覺便興起一種莫名的感懷出來。

杏花雨

陸放翁（游，1125-1210）是南宋重要詩人。文學史多稱他爲「愛國詩人」，大家便以愛國這個主題來看他，當然放翁詩中，確實有許多身陷國恨家仇之際的慷慨之作，然而放翁詩的重點，絕不僅在「愛國」而已。他年壽既長，閱歷又深，平生作詩近萬首，他的詩，各種題材都有，風格則有豪放，有婉約，大至家國之愛，小至兒女之私，無所不包，但放翁詩，即使寫悲情、寫隱私，也都清新自然、高朗可愛，這緣於放翁個性熱忱積極，生命力旺足，他對家事國事天下事，不只「關心」而已，而是完全投入、積極參與，這與其他人物不同，其他人物在寫詩的時候，也寫愛國憂世，不過多數是隔岸觀火式的愛國憂世，不那麼眞切，不像放翁詩裡表現的感情，是那樣的酣暢淋漓。你可以批評放翁詩引用典故過多，或艱深、或淺白，你可批評放翁詩巧用對仗或逞意氣、近粗豪，但你不能懷疑放翁詩眞誠。

放翁有首題名爲〈臨安春雨初霽〉的七律，詩曰：

世味年來薄似紗，誰令騎馬客京華？小樓一夜聽春雨，深巷明朝賣杏花。矮紙斜行閒作草，晴窗細乳戲分茶。素衣莫起風塵嘆，猶及清明可到家。

放翁此詩依方回《瀛奎律髓》考證作於六十二歲，時孝宗淳熙十三年（1168）。此時放翁在首都臨安（今杭州）任一只有名銜卻無實務的官員，心情不十分暢快，看此詩首二句便知。但該年二月間，閒差屆滿，可望調職，也可能致仕回家，放翁家在山陰（今紹興），距離杭州不遠，故詩末有「猶及清明可到家」句。結果任滿得到調職令，調他到嚴州去作知州。春末放翁還里，並到明州（寧波）遊覽，於該年七月才抵嚴上任。放翁頗思返鄉歸田，此望未成，但該詩末句「到家」心願，卻如願了。

世人看此詩，重點多放在頷聯，也就是三、四兩句：「小樓一夜聽春雨，深巷明朝賣杏花」，此聯好處，在寫自然實事，而實事即一幅美景，一曲好音。《朱子語類》載宋高宗最愛陳簡齋句：「客子光陰詩卷裡，杏花消息雨聲中。」錢鍾書《宋詩選註》中謂南宋詩話傳說高宗賞識放翁杏花詩，是把簡齋誤為放翁了。這兩詩都寫春雨、杏花，然而簡齋詩還是有些斧鑿的痕跡，不如放翁詩的輕鬆自然，眞氣完足，雖然放翁詩晚出，未受皇帝肯定。

當然這首詩還牽涉「作草」及「分茶」的事典，非一篇短文所能道盡。不過此詩精華，全在一聯，似無可懷疑。杏花是春天開的花，有紅、白兩種，杏樹與桃、李相屬，有些地方，就直接把桃花稱作杏花，也有直接把杏花稱作桃花的，我有一次在無錫，便聽當地人稱杏為桃，但桃杏互稱，指的杏花都是紅的那種，從未將白色的杏花算進去，因爲桃色即指粉紅色，已約定俗成，不能改動了。詩中描寫杏花，多與春雨有關，宋詩就有「沾衣欲濕杏花雨，吹面不寒楊柳風」句，簡齋、放翁詩亦復如此。

孔子講學「杏壇」，弟子稱頌，謂夫子之教「如時雨之化」，可見在孔子的時代，杏花與春雨，已具有美麗的象徵，啓人無限的聯想。詩中的杏花雨，當然指的是春天下的細雨，落在杏花上，也落在人的髮際衣襟，然而從寬解釋，杏花雨也可指杏花落時花落如雨的姿態。有一個春天，我曾獨自面對一樹繁華璀璨的白色杏花，達一週之久，也都是春雨輕綿的日子。一天，雨停了，卻颳起了風，脆薄的杏花花瓣，紛紛隨風飄落，比蝶要輕，比雪要柔，空氣中含有一種似眞似幻的香味，遠處群山，隱隱的響著春雷，彷彿輕敲的定音鼓，那種雷聲，不使人驚嚇，反而令人昏昏欲眠，春天眞是個令人沉醉的季節呢。約莫要十天或更長的時間，這趟欲眠的昏沉，才得以清醒。然而等到宿醉初醒，杏花已落盡，花事已了的杏樹，早換妝成滿樹的綠蔭，不久前的雨雪之姿，只留給你夢境般的想像了。

雲臥衣裳冷

每次看到水仙花，就想起辛稼軒那首有名詠水仙詞〈賀新郎〉來。該詞首句即：「雲臥衣裳冷。看蕭然，風前月下，水邊幽影。」把水仙在水畔香冷幽獨的景象淋漓盡致的寫出，不愧是詠花名作。稼軒寫詞，喜襲前人佳句，如「雲臥衣裳冷」即自杜甫詩「天闕象緯逼，雲臥衣裳冷」來，然與杜詩所指不同，意境有別。

水仙花原產歐亞之交的地中海區域，大約在隋唐之際從海外傳來，中古之前，典籍似無水仙花之記錄。《越絕書》中記伍子胥自殺後，吳王沉其尸江中，自是吳人稱伍爲水仙。又《拾遺記》亦記屈原自沉汨羅，楚人思慕，謂之水仙。足見水仙之名出現甚早，然而水仙非指水仙花，而是指水中之神祇。稼軒以爲屈原詞賦多述香草之名，且以生於水邊者爲多，獨未及水仙，故《賀新郎》下半闋曰：「靈均千古懷沙恨，記當時，匆匆忘把，此仙題品。」其實屈原時代，中國並無水仙花，他如想題品亦無從題品呢。

英文將水仙花叫做 Narcissus，源自希臘神話。希臘神話中記一神祇，其名曰納息蘇斯，他是一個美男子，因爲長得太美，以致他眼中看不上任何人，平時沉吟水澤，以欣賞自己水中倒影爲樂。有一女神名叫厄可（Echo），因平日多嘴，被上帝懲罰不准說話，如要說話，只能重複別人說過的最後兩字，她的名字，就成了英文「回聲」的同義字，山谷傳響，泠泠不絕的豈不是我們說話的最後幾個音節嗎？另外，音樂會正式節目演奏完畢，觀眾熱情要求「安可」，這「再來一個」的安可，英文寫作 Encore，據說也是由希臘文 Echo 這個字演變而來。

話說厄可有一天經過水澤，看到水邊顧影自憐的納息蘇斯，立刻就愛上了他，但納息蘇斯卻只看著水中的自己，絲毫沒有發現身後的女神。女神受罰不得發言，只得慢慢等候。大約等了一千年或者更久，納息蘇斯終於說話了，他說：「水中的影子啊，我眞愛你！」回聲女神逮到了機會，連呼納息蘇斯話中的最後兩個字「愛你」、「愛你」，不斷重複，如山谷餘音回響，但納息蘇斯猶未醒悟，依舊沉迷於自己身影不願回頭。這個悽苦的愛情故事，連上帝都看不下去了，就把納息蘇斯變成水邊的水仙花，讓他永遠去顧影自憐了。因此，英文的自戀，就寫作 Narcissism，或把自戀這種傾向稱之爲「水仙花情意結」（Narcissistic Complex）。

學生陳君在春節前送了我一盆水仙花，是花店栽培的，葉綠苞肥，已準備次第開花了。水仙花瓣雪白，中蕊突起金環如杯狀，朱晦庵詩：「水中仙子來何處？翠袖黃冠白玉英。」後句近乎白描。市售水仙花因多將蒜頭般的球莖浸泡水中，吸水生長，因故對水的需求就十分嚴格。要想讓水仙花開好，必須勤於換水。請注意是每天換水而非加水，水如不換，根便易腐，根腐則花葉萎敗矣。其次花葉均向陽而生，室內光線多不充足，或者只有旁光，花葉逐光，不得不扭曲，短劍般的葉子一經扭折，花亦衰頹，整盆便注定報廢了。

所以養水仙，須放置光源充足、空氣流通之處，另外，它需要大量清潔的水，這一點，它是不能妥協的。別忘記，水仙在中國象徵行吟澤畔的高士，而在西方，則是孤芳自賞的倔強之神，暫居舍下，提供滿室幽香，只求飲一瓢清泉，這樣的要求，從任何地方看來，都不算是過分的吧。

朱子的詩

朱子（1130-1200）著作等身，是經學家，是理學家，不以詩名，但朱子甚喜爲詩，詩作頗夥，亦爲方家推重。

朱子詩最著名的，大概是其〈觀書有感二首〉其一，詩曰：

半畝方塘一鑑開，天光雲影共徘徊。問渠那得清如許，爲有源頭活水來。

這首詩以詩而言不算好詩，原因是少了蘊藉，欠缺文學的涵泳，然而也不能算是壞詩，它藉詩說理，「理趣」甚強，不過清暢自然，非做作得來。宋代理學家寫詩，多以詩引證自己理學上的見解發明，所謂「以理入詩」，常失之枯澀，文字亦多牽合，顯得不自然，俗稱之「道學氣」、「方巾氣」，朱子此詩有道學的意味，卻沒有酸腐的方巾氣。

朱子論詩，最重「自然」，所謂自然是指不經刻意安排，而文字表現人的眞性情眞感情。在古代詩人中，朱子最欣賞的是陶淵明與韋應物，他說：「淵明詩平淡，出於自然。」說韋應物：「其詩無一字做作，直是自然。」又說：「韋蘇州詩高於王維、孟浩然諸人，以其無聲色臭味也。」所謂「無聲色臭味」即是自在自然，與他稱道淵明「詩所以爲高，正在不待安排，胸中自然流出」，是完全一樣的。

朱子又有〈偶題三首〉七絕，今舉其中二、三首爲例：

擘開蒼峽吼奔雷，萬斛飛泉湧出來。斷梗枯槎無泊處，一川寒碧自縈回。

步隨流水覓溪源，行到源頭卻悵然。始悟眞源行不到，倚笻隨處弄潺湲。

這兩首詩與前例〈觀書有感〉十分類似，都是寫水，前引詩爲靜止的「方塘」，後二首卻寫湍急的奔流，朱子遇水，都有探索源頭的動機，這可能與理學家「即物窮理」的訓練多少有點關係，然而對詩，卻形成傷害。試看所引的第一首，高朗疏雋，算是一首好詩，而第二首的末兩句：「始悟眞源行不到，倚笻隨處弄潺湲」，道學的味道過重，也許有功在呈現了某些眞理，但這類浮濫的「理趣」，說實在是糟蹋了這首詩。

但如從詩人以詩記事的事來看，朱子詩時有極動人之處。今《晦庵朱文公文集》錄有一首七絕，詩題甚長，題爲〈南城吳氏社倉書樓爲余寫眞如此，因題其上。慶元庚申二月八日滄州病叟朱熹仲晦父〉，詩曰：

> 蒼顏已是十年前，把鏡回看一悵然。履薄臨深諒無幾，且將餘日付殘編。

這大約是朱子生前最後一首詩了。朱子死於宋慶元六年庚申三月，此詩寫於同年二月，當是死前一月之作。詩中見吳氏十年前爲之「寫眞」，與現今鏡中病叟相比，令人唏噓感慨，他自覺餘日無多，然並不沮喪，依然如曾子死前臨淵履薄、小心謹慎，把所剩無幾的時日放在著述上面。詩甚淺明，但眞確踏實，並無任何妝點語。清代王懋竑纂訂《朱子年譜》，於庚申年三月條記：

> 三月初，先生病已甚，猶修書不輟。夜爲諸生講論，多至夜分。且曰：「爲學之要，惟在事事審求其是，決去其非，心與理一，自然所發皆無私曲。聖人應萬事，天地生萬物，直而已矣。」是日，改《大學·誠意章》。午後暴下，不能興，隨入室堂，自此不能復出樓下。

三日後，朱子病死。一代大理學家，死前一刻依舊在修訂他的《大學》注解，詩中「且將餘日付殘編」，所言不虛。知道此事實，再回過頭來看朱子的詩，他的直切無華，不講隱喻，詩中不隱藏的「道學氣」，反而具有一種特殊的動人的力量。

秋懷

明代思想家李贄（字載贄，又字宏甫，號卓吾，1527-1602）有首題名〈秋懷〉的詩，常令我想起，尤其在炎暑稍歇，涼風漸起的時候。全詩是：

白盡餘生髮，單存不老心。棲棲非學楚，切切為交深。遠夢悲風送，秋懷落木吟。古來聽聽者，或別有知音。

李氏是思想家，是史學家，原本不以詩爲擅長。這首詩純以詩而言不算是好詩，原因是太淺白了，缺少蘊藉，但如果從「直寫胸臆」來看，這首詩也不算壞詩，它雖然淺白，還是有寓意，而且忠實的呈現了李贄倔強的人格和溫柔善感的內心。如果不計平仄，這首詩刪去其中三、四、七、八句，寫成一首五言絕句，就可能成爲一首情深意遠的好詩了。

只要一首詩有成爲好詩的可能，就不算壞詩了，對不以詩爲長的人來說，寬容是必要的。李贄是個特立獨行的人物，他原是福建泉州人，中歲爲官雲南，不耐宦場諸事逢迎，便辭官旅行，最後棲居湖北麻城龍湖，在此講學著作。後遣妻女回閩，落髮獨居而不出家，在鄂與焦竑、耿定向兄弟、公安三袁相往來。他師心自用，不以古人之見爲見，獨創新見，甚至不以孔子之是非爲是非，他說：「天生一人，自有一人之用，不待取給於孔子而後足也。若必待取足於孔子，則千古以前無孔子，則不得爲人乎！」又說六經、《語》、《孟》是「迂闊門徒，懵懂弟子，記憶師說，有頭無尾，得後遺前」的筆記，當然不是「萬世之至論」，這些說法大膽極了，雄辯極了，他講學追隨者眾，但當道忌之，視之爲毒蛇猛獸，窒愕而不敢與之接。

在對歷史人物的判斷上，他也有自己的標準，常以之與傳統對抗。譬如他把傳統認爲「淫奔」的卓文君，以爲是「善擇佳偶」，把被罵成寡廉鮮恥的五代時的馮道，以爲是「安社稷以養民」的能臣。稱道卓文君，是他以爲婚姻對男女而言是平等的，女人有權自選其婚姻，讚揚馮道，是他認爲臣子服務的對象是國家人民而非君主，所以馮道雖於五十年間經歷四朝，事奉十二君，只要以人民爲重就不算是不忠之臣。這些看法，在當時而言，都是極端驚世駭俗的，但他放言高論，從不忌諱。

這樣的言論，自然得罪當道，也激起世俗衛道之士的敵視排擊。晚年旅行北京，於通州被逮，罪名竟是「左道惑眾」，李贄在執中讀書作詩不輟，一日呼侍者薙髮，持刀自割其喉，氣不絕者兩日，終死獄中。

李贄快口直腸，目空一切。他中歲落髮，以出世心情做入世事業，人批評他異端，他肆然應之曰：「無見識人多以異端目我，故我遂爲異端以成彼豎子之名！」麻城講學，任婦女入座聽講，人批評他淫穢，認爲他不應將女子視爲施教對象，他大不以爲然，他認爲女性與男人的智力相當，受教的機會也應該相同，他說：「謂有男女則可，謂見有男女豈可乎？謂見有長短則可，爲男子之見盡長，女子之見盡短，又豈可乎？」這段文字，今天看來，也許不算什麼，可是在四百餘年之前，比莎士比亞還早一點的時代說這種伸張女權的話，絕對可算是劃時代了。

李贄死了後，詆毀不斷，幾乎沒有一個人願意承認自己與他有關。他無論如何，都是晚明思想界的一個重要人物，但黃梨洲的《明儒學案》竟然沒有一字記錄他。清人編的《明史》無本傳，僅於耿定向傳中附言數語，而且語頗不堪，而清初大儒如顧亭林、王船山等人，則直斥他是小人、是禍首。李贄能夠被人拿來公平的討論，是近三十年的事。

「遠夢悲風送，秋懷落木吟」，這是李贄的感嘆。歷史不見得都是公正的，假如他的著作完全被禁燬了，隻字片語也不見痕跡，平反也斷不可能。四百年後終於平反了，但就是平反了，又能怎樣呢？「白晝餘生髮，單存不老心」，他用遠見來樹敵，用樹敵來證明自己存在，除此之外，可能沒有其他意義了。卓吾老子，你說是嗎？

精衛

與西方比較，中國從遠古時代流傳下來的神話都顯得短小，可能寓意深遠，但情節都十分簡單，無法與西方或印度那種長篇大論、盤根錯節的盛況相提並論。中國尤少海洋神話，不像希臘神話，大多產生在煙波浩渺的愛琴海、克里特島，像愛神維納斯從張開的貝殼現身，都是一副濕淋淋的樣子。北歐神話多產生在波羅的海、挪威的海岬或者更深更冷的北海，如拍成電影，背景音樂，除了有海螺做的號角聲之外，只有能摧折檣桅的風聲和無盡的海濤聲了。

中國神話中唯一與海洋有關的，似乎只有「精衛填海」這個故事了。精衛這故事來自《山海經》，《山海經・北山經》這樣寫著：

髮鳩之山，其山多柘石。有鳥焉，其狀如烏，文首、白喙、赤足，名曰精衛，其鳴自詨。是炎帝女，名曰女娃。女娃游於東海，溺而不反，故爲精衛。常銜西山之木石，以堙於東海。

精衛原是炎帝的女兒，名叫女娃，到東海遊玩，不幸被水淹死，死後變成一隻小鳥，名字叫精衛。說起這炎帝，其實大有來頭，他是主管南方的神，身上充滿了火燄，關於他，歷史有好幾種不同的記載。他一名蚩尤，就是與中土之神黃帝大戰，最後敗下陣來的那個蚩尤。這神被我們的祖先黃帝打敗，但不能瞧他不起，他跟黃帝爭霸中原，在「次序」上，並不見得輸了黃帝，我們後來不是稱自己爲「炎黃子孫」嗎？炎字還排在黃字的前面呢。

但炎帝終於被黃帝打敗，退出中原，只有回到南方故地做一方霸主。炎帝還有一個名字叫做祝融，據說黃帝以德服人，後來任命他主司天上人間一切有關火的事務，所以祝融又名火神，他的封地，在今湖南衡山一帶，南嶽衡山的主峰名祝融峰，今衡陽、長沙附近有中原罕見的火神廟，即來自這個典故。

精衛被水淹死，懷恨在心，便化作一隻小鳥，不停的銜著西山的木石，打算塡平東海。這是一個充滿報復意味的神話故事，情節雖簡單，卻十分雄奇有張力。試想，精衛多小呢？《山海經》寫她「其狀如烏」，烏就是烏鴉，在中國是一種中型如斑鳩、鴿子般大的鳥，她一趟能銜多少木石呢？即使她不再死亡，亙古至今，所銜木石，對東海而言，恐怕起不了絲毫的作用罷。但她明知不可而爲之，她的意志，使得這不可能實現的神話，變得磅礴沉雄起來。

明末大儒顧亭林有首題名叫〈精衛〉的詩，詩曰：

萬事有不平，爾何空自苦？長將一寸身，銜木到終古。我願平東海，身沉心不改。大海無平期，我心無絕時。嗚呼，君不見西山銜木眾鳥多，鵲來燕去自成窠？

據考證，這首詩寫在明亡後的第三年，也就是清順治四年（1647），這年清朝已事實統一中國，坐穩江山，只不過東南沿海，南明猶在苟延，西南疆尙有零星戰火，鄭成功占領臺灣，矢志恢復，然盱衡情勢，已不太可能有太大作爲了。是年顧亭林三十五歲，在家鄉崑山廬墓。亭林廬墓居喪，他嗣母王太夫人在兩年前因明亡絕食而死，遺命亭林不得事奉二姓，亭林恭謹唯命，後奔走抗清，幾遭不測。一年後廬墓結束，亭林便辭家外出，糾結各地志士，圖謀興復事業，興復久無功後，周遊故國，勘驗輿圖史料，成《肇域志》、《天下郡國利病書》等作，晚年定居陝西華陰，以華陰有建瓴之便，進可攻、退可守，終身未移抗清復明之志。

所以這首〈精衛〉詩，其實就是亭林心志的寫照。西山眾鳥紛紛銜木銜石，爲的是自建窠巢，而小鳥精衛卻誓塡滄海，以有限對抗無限，看來是絕對不能成功的，但明知不能成功，卻硬要做下去，這就叫做意志。意志使人超凡入聖，使短暫變成永恆，使渺小變成偉大。誰說中國是缺乏偉大神話的民族呢？

兩當軒

兩當軒是清代中葉詩人黃仲則的書齋名。黃仲則（1749-1783）名景仁，仲則是他的字，後以字行。他又字漢鏞，自號鹿菲子，江蘇武進人。他是北宋詩人黃山谷的後裔，原居江西，宋室南渡時，其遠祖由鄱陽遷至武進，之後就世居於此，成爲武進人了。

武進現屬常州，在南京與蘇州之間，是江南的富庶之區，其地人才輩出。而黃仲則所處的時代，又正是乾隆盛世，在如此昌盛繁榮的時空背景下，卻出了個像黃仲則這樣一個身世淒涼、遭時不順又早死的詩人，確實令人覺得十分不搭調的。

黃仲則十六歲應童子試，在三千人之中考第一名，可見他是早慧的天才，但他從此再沒有功名了。他五次在江南應考、三次參加順天鄉試都未售，也就是他連續考了八次舉人都沒考上，可見運氣有多壞。他一生僅在二十八歲那年因獻詩乾隆，被授予「武英殿書簽官」，這個職位十分卑微，幾乎沒有人知道有這麼一個官，但他還是興匆匆的，以爲運氣來了。他託他同鄉好友洪亮吉把家鄉田產賣了，將家眷搬到北京來，但「長安居，大不易」，他微薄的收入完全無法應付在京的開銷，他還試圖捐出僅有的積蓄，換一個候補的縣丞職位，然而這職位因候補的人太多了，排了半天也沒給補上，他只得將家眷遷回家鄉，自己則到處打秋風。最後隻身到陝西依巡撫畢沅，奔走道路，在三十五歲那年，死於山西解縣旅途。他早年就體弱多病，他在《兩當軒集》〈自敘〉中說：「年甫二十七耳，氣喘喘然有若不能舉其軀者。」可見身體有多糟。

他在世的年歲雖短，而人間的苦辛幾乎全嘗透了。他交遊並不能說不廣，除了前面提及的詩人洪亮吉外，清代中葉的著名文學家如袁枚、汪中、蔣士銓、孫星衍、翁方綱等都與他論交，但卻不能幫助他脫離生活的苦海。洪亮吉有首〈將出都門留別黃二〉的詩，寫他：

拋得白雲溪畔宅，苦來燕市歷風塵。才人命薄如君少，貧過中年病卻春。

這首詩將黃仲則變賣祖產，到北京卻遍嘗風塵的窘狀寫了出來。天才極高而有此際會，咸以爲是他命薄的緣故。黎簡也有詩曰：「古之傷心人，黃生爾爲近。落魄西入秦，秦聲轉幽憤。」

黃仲則是個心細而氣豪的人。心細使得他能體會生命中極其幽微的孤獨感覺，而氣豪卻使他總是試圖超拔，尤其在生活困頓、感情沉陷的時候。他平生最欣賞的詩人是李白，他的詩沒有李白的恣縱，卻有李白的高朗，他很少賣弄清朝詩人極喜的作詩方式「堆砌典故」，往往直寫心臆，文字看起來平易，但有獨特的氣勢與懷抱，譬如他早年有一首〈雜感〉詩：

仙佛茫茫兩未成，祇知獨夜不平鳴。風蓬飄盡悲歌氣，泥絮沾來薄倖名。十有九人堪白眼，百無一用是書生。莫因詩卷愁成讖，春鳥秋蟲自作聲。

在黃仲則的詩作中，這首詩不算是最好的，但對書生無用，遭人白眼的境遇描寫甚眞，末句獨有懷抱，使得這首詩，不僅是顧影自憐的哀嘆而已。

黃仲則的好詩都有一兩句「警句」，這些警句，成了清詩中的名句，經常被人引徵，高誦低詠，流傳不歇，如：

似此星辰非昨夜，爲誰風露立中宵？（〈綺懷〉十六首之一）

茫茫來日愁如海，寄語羲和快著鞭。（同上）

寒甚更無修竹倚，愁多思買白楊栽。全家都在風聲裡，九月衣裳未剪裁。（〈都門秋思〉）

這些詩句，在寫作當時就被人傳誦不已。據說在西安任巡撫的畢沅讀了他的〈都門秋思〉後，謂價值千金，姑先寄五百金，速其西遊。黃仲則後來投靠畢沅，也是因詩的緣故。

孤苦幽獨，但總有一種高朗的奇倔之氣，這便是黃仲則，拿來與英國詩人相比，大概只有濟慈（John Keats,1795-1821）可與之並論了。只是如比較命運的奇蹇，可憐的濟慈在世的日子更短，他只活了二十六歲呢！

詠史

龔定盦（1792-1841）在道光五年乙酉（1825）寫了首〈詠史〉詩，全詩爲：

金粉東南十五州，萬里恩怨屬名流。牢盆狎客操全算，團扇才人據上游。避席畏聞文字獄，著書都爲稻粱謀。田橫五百人安在，難道歸來盡列侯？

這首詩用了一些典故，須先作解釋。首句「金粉東南」是指長江下游以南京爲核心的地區，六朝以建康（即南京）爲都，號稱「金粉之都」，一指繁盛，一指靡爛。「牢盆」是煮鹽的工具，此處指鹽官鹽商；「狎客」指皇帝或高官身邊親近的佞人，「操全算」指主持或影響政局。「團扇才人」是說東晉貴族子弟王珉的故事，王珉二十歲就做掌管機要的中書令，但能力與品德都極低下，每日輕搖團扇，故作逍遙。詩最後說起田橫的史實，這典故來自《史記》。秦末列國紛紛獨立，田橫因是齊國的宗室，曾自立爲齊王，劉邦建立漢朝後，天下統一，田橫率領部從五百餘人逃入海島，劉邦派人招降，說：「田橫來，大者王，小者迺侯耳；不來，且舉兵加誅焉。」田橫在往見劉邦的半途自殺，在海島的五百餘人，聞訊也全部自殺了。

詩名是〈詠史〉，原意應是對歷史事件興起了懷想，然而這首詩是針對哪一件史事呢，卻也不是很清楚。以首句「金粉東南十五州」來說，史事應該是以六朝的爲主，頷聯的「團扇才人」用的也是東晉的典故，但整體而言，焦點並不集中，這是因爲此詩名爲詠史，其實是諷今的緣故。六朝時並沒有文字獄，而且頷聯的「牢盆狎客」則指的是清代中葉以前，淮揚鹽官跋扈，鹽商交結中貴、權傾一時的景象。

定盦寫此詩時正是三十六歲的盛年，在北京做個小小的京官，本圖仕途發展，但前景並不看好。他與京城的各層次官員與知識分子交往，卻發現眼前濫竽充數、得過且過的多，積極有所作爲、謀國謀民的少。定盦是杭州人，歸省路途所見，更是令人氣結，金粉之地，充斥著表面的繁華，骨子裡卻是魚枯肉爛的狀態。當時的中國，正處在數千年以來所從來沒遭遇過的危機之中，列強進逼，國庫空虛，民間貧富差距擴大，已足以引起社會大動亂，再過十五年，鴉片戰爭就開打了，然而這時所見的官吏與讀書人，只知道如何趨吉避凶，上焉者思考如何加冠晉祿、更上層樓，下焉者思考如何鑽營巧取以養家活口，詩中所謂「避席畏聞文字獄，著書都爲稻粱謀」，指的就是這樣的場面。歷史上的田橫死了，五百名部下也隨即自殺，但在定盦的時代，再也不可能有爲名節而死的事了，劉邦派使對田橫的部將說：「田橫來，大者王，小者侯。」一國怎會有那麼多王侯呢？這支票太大，分明無法兌現，但無法兌現也是支票，在定盦的時代，依然有人搶著要。

其實在更早，定盦已看出國家的杌隉之象，庚辰年（1820）他也有兩首〈詠史〉詩，其一中有句：

猿鶴驚心悲皓月，魚龍得意舞高秋。

其二中有句：

一樣蒼生繫廟廊，南風愁絕北風狂。

知道底細的人在擔憂，不知底細的人在狂歡作樂，儘管「南風愁絕北風狂」，依然有「魚龍得意舞高秋」。定盦藉史喻世，心中有不少憤疾，他覺得自己所處，是個「上無道揆，下無法守」的時代，是個「上下交征利」的時代，他在〈明良論四〉中說：

人有疥癬之疾，則終日抑搔之，其瘡痏，則日夜撫摩之；猶有未艾，手欲弗動而不可。而乃臥之以獨木，縛之以長繩，俾四肢不可屈伸；則雖甚癢且甚痛，而亦冥心息慮以置之耳。何也？無所措術故也！

中國像患疥癬的病人，無藥可治，病發時，只有把自己綑綁在大木上，「冥心息慮」的不去想它，因爲確實無法可想，……有悲皓月的猿鶴，也有舞高秋的魚龍；那時的中國，與此時的臺灣，豈不有很多相似之處嗎？

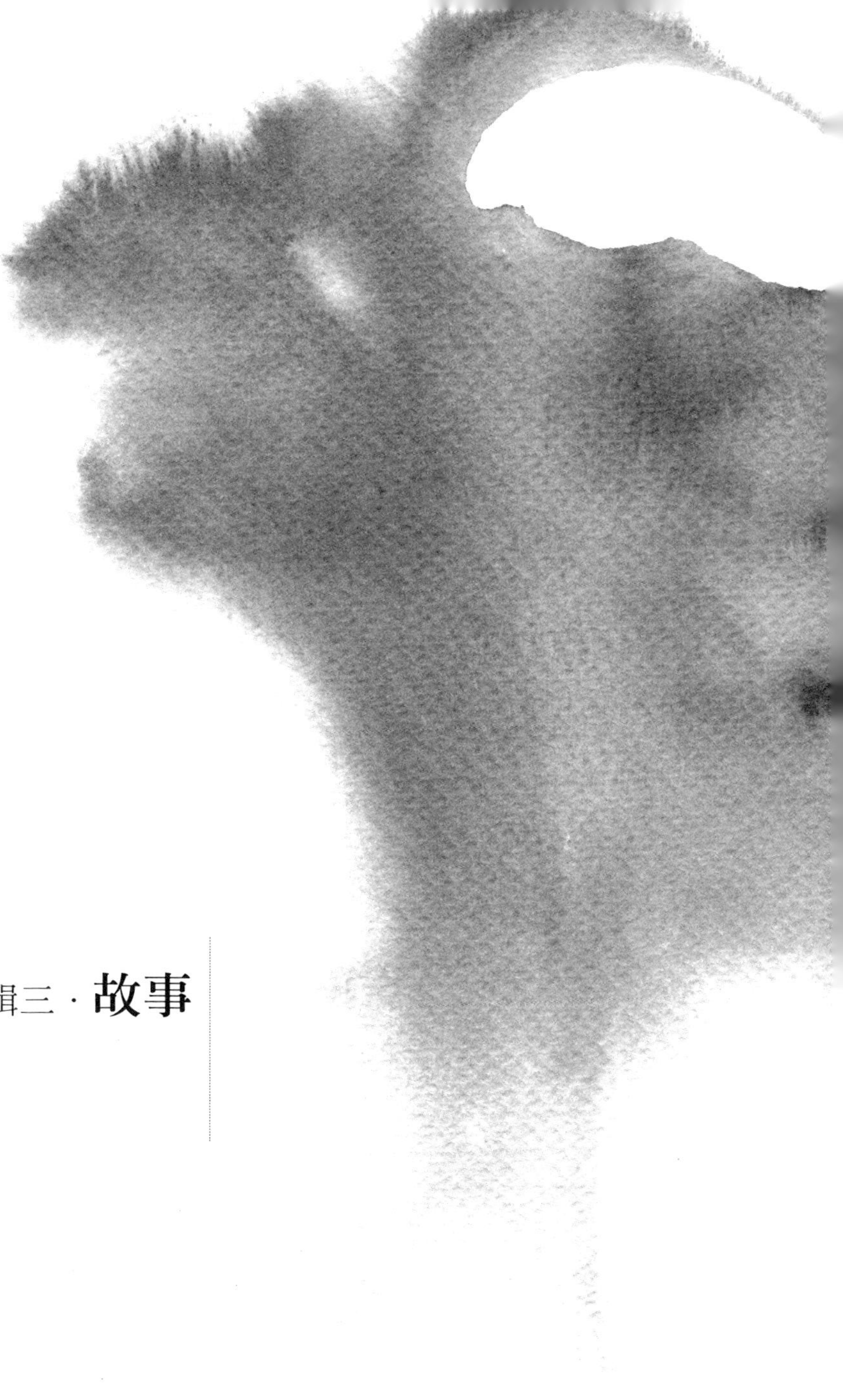

輯三 · 故事

糖炒栗子

栗樹爲北國的特產，是高大的喬木。在中國大陸，我沒有注意過這種樹，倒是我在旅居歐洲的時候，見過不少栗樹。布拉格查理橋的西側靠皇宮區的那一邊，橋下種著好幾株，這座橋的引道甚高，大約有四層樓的高度，而栗樹比橋還高，可達一般樓房的五、六層，足徵栗樹的「喬」可是實至名歸了。鄉下的栗樹更高，樹幹粗且直，頗有參天之姿，北京人把潭柘寺裡的那株極高大的銀杏稱作「帝王樹」，歐洲大陸，像那株銀杏大的栗樹頗夥，山林之間，拔地而起，確實甚有氣象。

栗樹花以白色爲多，春夏之際盛開。栗樹花是一叢叢聚集著開，每叢由下而上聚集如三角形之尖塔，與其他花朵，形式差別甚大。栗樹因爲樹體高大，欲窺全貌，必須保持適當距離，栗花盛開時，遠看像大樹間插滿了白色的蠟燭，很有節慶的味道。有一年，我在斯洛伐克的山間，看見一株開滿粉紅花塔的栗樹，這株栗樹，使節日般的森林，更增添了一種特殊的喜氣。

秋冬之際，栗子便成熟了。栗子總是兩三枚藏在一球帶刺的殼囊內，栗樹太高，不好登樹採收，據說它會自然落地，歐洲人不作興「採」栗子，只在瑞雪降下之前，到栗樹下「掃」栗子囊，然後回去剝栗子就得了。

栗子是堅果的一種，雖是堅果，它的外殼並不難打開，果肉比核桃之類要渾圓飽滿，充滿有營養的澱粉。放在火中燒烤，殼會自然爆裂，澱粉加熱後醣分釋出，便有甜味。一般人多以粗沙炒栗子，以沙炒，主要是使栗子加熱平均，內外透熟。在北方，栗子產量大，又是堅果，耐儲藏，價格極爲低廉，作菜零食均宜，確實是暖老溫貧之具。

栗子雖普遍，然要炒好，亦有學問在。頃讀陸放翁《老學庵筆記》，其中有條記炒栗子的故事，文曰：

故都李和炒栗名聞四方，他人百計效之終不可及。紹興中陳福公及錢上閣愷出使虜庭，至燕山，忽有兩人持炒栗各十裹來獻，三節人亦得一裹，自贊曰：李和兒也。揮涕而去。

這段記錄溫馨又有血淚。李和善炒栗，「他人百計效之終不可及」，可見炒栗方式大有講究處。清代郝蘭皋〈懿行〉有《曬書堂筆錄》，其中亦有〈炒栗〉一條，記當時炒法，文曰：

市肆皆傳炒栗法。余幼時自塾晚歸聞街頭喚炒栗聲，舌本流津，買之盈袖，恣意咀嚼。其栗殊小而殼薄，中實充滿，炒用糖膏，則殼極柔脆，手微剝之，殼肉易離而皮膜不粘，意甚快也。及來京師，見市肆門外置柴鍋，一人向火，一人坐高兀子，操長柄鐵勺，頻攪之令匀遍。其栗稍大，而炒製之法和以餳糖藉以粗沙，亦如余幼時所見，而甜美過之。都市炫鬻，相染成風，盤飣間稱佳味矣。

原來沙炒栗子時在沙中加糖，目的不在增加栗子的甜味，而是一種使外殼柔脆易脫的方式，這是讀了郝文才有的見識。郝氏所寫的糖炒栗子，不論是幼時在山東所見（郝是山東人）與長大在京城所見，與我們現在街頭炒栗子的方式沒有什麼不同。不僅如是，那年冬天，我經過布拉格的共和廣場，屢向同一攤販購買炒栗，我見他炒栗的方法，與台北街頭所見亦無大異，可見糖炒栗子一事，是很有歷史又具有「世界性」的了。

蘇州的蘇州大學側門外有一條十全街，街頭有一家專營炒栗的商店。一年冬天，我到蘇大開會，在十全街的一個旅館住了三、四天。每晚休息的時候，就會到這家店買一盒熱騰騰的栗子回旅館，與朋友分食，那位朋友似乎比我更喜歡栗子，一吃就滔滔不絕的打開話匣，高聲言笑，彷彿回到孩童時候的快樂光景。以後每見此物，便想起此人此事。

陽明的夢

王陽明（1472-1529）是明代重要思想家，他也有軍功，曾經平定宸濠之亂，被朝廷封爲新建伯。

陽明講學平易，收羅弟子甚多。陽明平生甚厭搬神弄鬼之事。正德十五年（1520），他在江西南昌，一個後來極重要的弟子名叫王艮的從泰州來拜見他，陽明在自宅庭院迎客，想不到王艮看到院中亭子，突然想到昨夜在旅舍，就曾夢見這座亭子，便告訴陽明夢境，以爲奇緣，不料陽明作色道：「至人無夢！」弄到王艮幾乎下不了台。

至人眞的無夢嗎？孔子曰：「甚矣，吾衰也，久矣，吾不復夢見周公。」孔子屢屢夢見周公，可證至人未必無夢。陽明說此，大約不喜與人談論深不可測，近乎怪力亂神的事情。王艮拜於陽明門下，後張揚王學不遺餘力，但在陽明生前，二人相處，時有衝突發生，以師弟關係而言，亦屬罕見。

陽明本身，也是作夢的，而夢境與事實相驗，亦甚有奇詭不可解之處。嘉靖六年（1527），陽明在越講學，六月忽接詔命，特起總督兩廣及江西、湖廣軍務，要求他率軍平定廣西思恩、田州的岑猛之亂，陽明以老病力辭，不允，只有勉強接命。八月入廣，隨後轉戰各地，終於在次年二月，平定了亂事，該年陽明五十七歲，是他在世的最後一年。十月他在廣東韶關附近，他原已病重，加以征戰之苦，使得病況更爲危殆，一日，不期在路上見到一座伏波廟，便入廟禮拜。一入廟門，就突然想起他在十五歲時曾於夢中拜謁過這座廟，錢德洪所編的《陽明先生年譜》該年有記曰：

先生十五歲時嘗夢謁伏波廟，至是拜祠下，宛然夢中，謂茲行殆非偶然。因識二詩。其一曰：四十年前夢裡時，此行天定豈人爲？徂征敢倚風雲陣，所過如同時雨師。尚喜遠人知向望，卻慚無術救瘡痍。從來勝算歸廊廟，恥說兵戈定四夷。（餘不錄）

伏波廟拜的神明是漢代的大將軍馬援。爲什麼在廣東、湖南疆界附近有這麼一座廟呢？原來這位以「馬革裹屍」著名的老將，平生最大功業在平定交阯之亂，交阯即今越南，後來馬援又轉戰西南，敉平當時蠻夷的叛亂，對東漢後來穩定局勢，有很大貢獻。嶺南爲伏波將軍功業所在，此間有廟祀之，便不足爲奇。

陽明此次南征，與一千五百年前馬援的行止頗有相似之處，所以他謁伏波廟，心中感觸甚多，所賦詩中有「從來勝算歸廊廟，恥說兵戈定四夷」句，不只是感觸，而是牢騷了。陽明回憶他十五歲時曾入謁此廟，並賦詩記事，《年譜》成化二十二年條記：

先生十五歲，寓京師。先生出遊居庸三關，即慨然有經略四方之志。……一日，夢謁伏波將軍廟，賦詩曰：卷甲歸來馬伏波，早年兵法鬢毛皤。雲埋銅柱雷轟折，六字題文尚不磨。

陽明夢謁伏波廟，廟中馬援造像無疑是一老者，世傳有《伏波兵法》，爲馬援早年所作，「六字題文」不知何指，總之陽明十五歲夢境，竟然在其臨終之前實現，確實令人不得不稱奇。

二十世紀初，奧地利心理學家佛洛伊德就認爲夢是人類潛意識的作用，夢是可以「解析」的，他有《夢的解析》一書。日有所思，夜有所夢，是自然的事。夢既然是心理活動的一端，以夢來解釋人生，其實也有部分合理之處。陽明少年夢見伏波廟，一方面可見他對馬援的景仰，一方面似已預期自己與馬援有相同的命運，馬援與他都以軍功著名，但生前死後，也都同樣的謗議不休、風波不斷。

一個月後，陽明病死歸途。他如死前見到王艮，可能後悔當年初見時的魯莽，他會說：無論至人和凡人，總會是有夢的呀！

梅花如雪

清代鄞人全祖望撰有〈梅花嶺記〉一文，記明末史可法事蹟，國人當知之甚稔，因此文曾入選高中國文課本也。

史可法（1602-1645）字道隣，河南祥符人，崇禎元年進士。他在崇禎十七年（1644）思宗自殺殉國後，積極引立福王，集合南方有志之士與氣勢正盛的清兵相抗，他如存在，明朝還不至於那麼快就覆亡。清廷的攝政王多爾袞早就看出這點，曾致書史可法說：「余向在瀋京，即知燕山物望，咸推司馬。」然而福王是個庸才，政權又把持在阮大鋮、馬士英一類奸臣手裡，他們對清兵入關後縱橫中原，沒有任何辦法可施。史可法當時是武英殿大學士兼南京兵部尚書，史稱「史閣部」，兵部尚書相當現在的國防部長，在當時是如何重要的位子，但朝中將相猜疑，軍中糧餉無著，守土無人，史可法只得親自率軍鎮守揚州，以作爲首都南京的屏障，說起來也十分可悲。

史可法原非出身軍旅，但早年追隨盧象昇討伐各地流賊，屢建軍功。他治軍十分投入，往往身先士卒，《明史》說：

可法短小精悍，面黑，目爍爍有光。廉信，與下均勞苦。軍行，士不飽不先食，未授衣不先御，以故得士死力。

南明這時如將錢糧費用都拿來支援前線，事尚可爲，但福王大修宮殿，群臣加官晉爵，直所謂「武臣腰玉，名器濫觴」，可法此時上書請頒討賊詔書，文中有曰：

兵行最苦無糧，搜括既不可行，勸輸亦難爲繼。請將不急之工程，可已之繁費，朝夕之燕衎，左右之進獻，一切報罷。即事關典禮，亦宜概從節省。蓋賊一日未滅，即有深宮曲房，錦衣玉食，豈能安享！必刻刻在復仇雪恥，振舉朝之精神，萃萬方之物力，盡并於選將練兵一事，庶人心可鼓，天意可回。

然而朝廷上下都不把他的話當成一回事。史可法進士出身，文筆極好，見解極深，再加上悃誠忠藎，史書稱可法每繕疏奏，循環諷誦，聲淚俱下，聞者莫不感泣。

可法率軍時，經常忍睡，往往數十夜不闔眼，這是特殊的本事。張岱的《石匱書》中記此事，說：

可法凡奏牘文移，盡出己手，夜燒兩燭達曉。午夜稍倦，以筆管拄眉心，一瞌即起。侍從之人，呵欠鼾齁，可法教之曰：「汝第打疊精神，熬至四五十夜，即長醒不睡。」故可法巡行州縣，未嘗帶幕客、攜寢具也。

這純粹是以意志力使自己不睡。然而這套方法，也有不靈驗的時刻，《明史》本傳有次記錄他睡著了的事，文曰：

歲除遣文牋，至夜半，倦索酒。庖人報殽肉已分給將士，無可佐者，乃取鹽豉下之。可法素善飲，數斗不亂，在軍中絕飲。是夕，進數十觥，思先帝，泫然淚下，凭几臥。比明，將士集轅門外，門不啓，左右遙語其故。知府民育曰：「相公此夕臥，不易得也。」命左右仍擊四鼓，戒左右毋驚相公。須臾，可法寤，聞鼓聲大怒曰：「誰犯吾令！」將士述民育意，乃獲免。

這段文字描寫得極爲傳神動人，酒後傷感，精神力就鬆懈了，因此而睡著了。大將睡了，士卒不敢發聲，更仍敲四響，讓他放心好眠，軍中袍澤的感情是如何的眞實飽滿！文中的知府民育即揚州知府任民育，與許多守城的官吏將士一樣，在揚州城破時同時殉難了。

揚州因援軍不來，兵又斷糧，不敵清軍的攻勢，終於在奮戰之下淪陷。史可法的死法有數種，有謂自刎而死，也有說其被執不屈而死者。史書記可法死後，覓其遺骸，天暑，眾屍蒸變，不可辨識。逾年，家人舉袍笏招魂，葬於揚州梅花嶺下。全祖望〈梅花嶺記〉有「梅花如雪，芳香不染」句，可法死於夏日，卻以如雪的梅花來形容，表面看來不宜，而其實是再恰當不過了。

甲上冰霜

清代古文家方苞的《望溪文集》裡有篇〈左忠毅公逸事〉的短文，記的是明末忠臣左光斗（1575-1626）的逸聞，而故事都與史可法有關。史可法曾受左光斗的賞識栽培，後來左被閹黨及朝中的奸臣陷害，與楊漣、魏大中等被逮入廠獄，竟死在獄中。可法後授命疆場，忠心報國，一部分是受左的影響。方苞文曰：

崇禎末，流賊張獻忠出沒蘄、黃、潛、桐間，史公以鳳廬道奉檄守禦。每有警，輒數月不就寢。使將士更休，而自坐幄幕外，擇健卒令二人蹲踞而背倚之，漏鼓移則番代。每寒夜，起立振衣裳，甲上冰霜迸落，鏗然有聲。或勸以少休，公曰：「吾上恐負朝廷，下恐愧吾師也。」

可法擔心所愧的老師，就是左光斗。左光斗死於明天啓六年，沒有見到十九年後史可法死守揚州、城破殉國的場面，光斗地下有知，當必爲明室終亡而痛心，爲他學生選擇就義以完成人格而驕傲。

方苞文章中，描寫的幾個場景都很傳神，有部分竟然有驚心動魄的效果。譬如他寫左公視學京畿，在一古寺中見一生伏案臥，文方成草，公閱畢即解貂覆生，爲掩戶，叩之寺僧，則史可法也。原來史可法文章寫得好，而左公是當年的會試主考，史應考呈卷，即面署第一。後來左公得罪宦官，入廠獄，受炮烙之刑，旦夕且死。可法僞裝清潔工入獄探視，文中寫此時的左光斗「席地倚牆而坐，面額焦爛不可辨，左膝以下，筋骨盡脫」，而可法前跪抱公膝而嗚咽，左公眼皮糜爛，「乃奮臂以指撥眥，目光如炬」，戾責可法爲何此來，大呼曰：「不速去，無俟姦人構陷，吾今即撲殺汝！」文字至此，眞是奇峰疊起，令人奪魂矣。但我覺得寫得最好的，還是前面所引的描寫史可法寒夜不寐的一段，「起立振衣裳，甲上冰霜迸落，鏗然有聲」，甲上冰霜有極強烈的說明及象徵作用，方苞究竟是桐城派的古文大師。

吳三桂引清兵入關，原想「借師」破李自成賊，想不到清軍一來就決定不走了。問題中國之大，竟然沒有任何軍隊在抵抗清軍上面打過一場硬仗，除了史可法死守揚州之外，清軍幾乎不費什麼力氣就解決了整個中國，張岱在《石匱書》的〈流寇死戰諸臣列傳〉中說：

> 弘光（福王年號）時，聞北軍渡河，四鎮俱前途倒戈，而錢唐衣帶水，有數騎浴馬江干，所謂四十八營，及武寧閣部、義興諸藩鎮，梯山航海，一鬨而散，靡有孑遺。夫人誰不怕死？

亦未見怕死若斯之甚也。

晚明各地軍頭其實都是酒囊飯袋式的人物，臨陣退卻不用說，還都怕死得要命，這樣說來，揚州一役雖敗，但主帥及諸將幾乎都以死殉國，可算是孤峰特起，值得大書特書了。然而《石匱書》對史可法還是有所批評的，書中批評史可法「有救世之才，而無救世之量」。說他無救世之量在於「上至軍國大事，下至錢穀簿書，皆隻手獨辦」，批評得不無道理。可法治軍耗費極大的意志及體力，他做事精明悍練，對於細節尤一絲不苟，史書說他早年即「以籌餉著稱」，精於會計，然而他自奉清苦，從不貪瀆，遇難身先士卒，故得士卒擁戴。史可法當然有缺點，就是凡事躬親，大權獨攬，如此即使不戰死也必累死。所以張岱認爲可法「若能開誠布公，廣集群力，善調四鎭，不令生嫌」，則揚州一敗，也不至於不可收拾。

能如此當然好，問題在眞能做得到嗎？可法做到了，別人不能配合也是白搭。揚州危急時，左良玉擁兵不及救，馬士英調黃得功、劉良佐勁卒於前卻不願救，可法即使想分權分勞，有誰願意共同承擔國難？說可法性偏急，凡事死抓不放，其實也有不得已處。

缺乏英雄的時代，有此英雄已屬難得。想到「甲上冰霜迸落，鏗然有聲」，想到以筆管拄眉，爲國事忍睡不寐，對這樣一個人，我們還有什麼可挑剔呢！

萬木草堂

光緒十六年（1890），梁啓超（1873-1929）在同學陳千秋的牽引下，第一次見到英氣四射的康有爲（1858-1923），深深爲他的學問與識見折服，立刻決定拋棄舊學來師事他。當時康有爲正因上書皇帝呼籲變法遭到阻攔，氣憤不過回到廣州，這兩青年來奔使他意氣爲之一振，第二年春天，他就在陳千秋、梁啓超的協助之下，租賃廣州長興里邱氏學社，正式開設學堂，招集學生講學，這就是「長興學舍」。

在長興學舍開始講學的時候，康有爲才三十三歲，而他的大弟子梁啓超才十九歲。梁啓超少年英特，十七歲（其實是虛歲）就考上鄉試舉人，而他這時放下身段，師事一個只有秀才身分的康有爲，也算是古今之奇了。康有爲此時據他自述：「與諸子日夕講業，大發求仁之義，而講中外之故、救中國之法。」他自訂《長興學記》作爲學規，內分「學綱」、「學科」、「科外學科」三項，每項再分若干學目，分別歸屬「德育」、「智育」、「體育」，這在中國教育史上也有特殊意義的，它首次明確指出教育應以德、智、體育爲內涵。民國以後有人再加上群育與美育，成爲「五育並重」的教育思想，康有爲在長興講學時，就認爲教育應求均衡發展，對現代教育思潮做了啓蒙式的貢獻。

兩年後，也就是光緒十九年（1893），因爲學生不斷增加，長興學舍已無法容納，只得遷移到當時的廣府學宮仰高祠，學舍不在長興里了，自不能再稱長興學舍，康有爲便爲這新的學舍取名「萬木草堂」。草堂二字當然來自杜甫的少陵草堂，康有爲原名祖詒，字廣廈，其字即取意杜詩〈茅屋爲秋風所破歌〉，詩中有「安得廣廈千萬間，大庇天下寒士俱歡顏」句，萬木則取樹木樹人之喻，意在爲天下國家培植千萬棟梁之材。康有爲在萬木草堂講學，是他極爲意氣風發的時代，最盛時聽講學生百餘人，康有爲端坐堂上，侃侃而談，聲音鏗鏘，坐姿巍巍，每次講授，歷時三至四小時，中間並不下課，而講者姿勢挺立，不稍更改，這是飽學又生命力旺足的徵象。

萬木草堂的課程以孔子學說、宋明理學、佛學爲體，以史學、西學爲用，由康有爲一人主講，看起來十分駁雜，而他對整個中國學術，有特殊的觀照，又時發奇想，譬如他不信古文，篤信今文，把東漢興起的古文經看成是「新學僞經」，與傳統儒學見解大相逕庭。他愛講歷代政治得失，申明公羊三世之說、孔子改制之義，有時引用西方學說，總之他的學說龐雜，理論則詭譎多變，頗爲識者所譏，但他講學，是中國在內憂外患交相煎逼之下想找尋出路的自然需求，給學生強烈的靈魂震撼，深得學生愛戴呼應，他找到的出路不一定可行，但總比死守一途、坐以待斃的好。

除了上課之外，萬木草堂的弟子還須讀書作「功課」，康有爲要求學生每人備「功課簿」一本，每日讀書作筆記之外，尚須將心得與問題寫在上面，半月交呈一次，康有為閱後，都有批答，他對學生鞭策甚緊，學生學問因而大進。課堂講授之餘，還有很多課外活動，他經常帶領學生野外踏青，遊覽名勝，遊覽期間，亦多討論學問，往往論辯不絕，梁啓超有文記其盛況，曰：

每遊率以論文始，既乃雜遝泛濫於宇宙萬有，茫乎沕乎，不知所終極。先生在則拱默以聽，不在則主客論難蜂起，聲往往震林木，或聯臂高歌，驚樹中棲鴉拍拍起。於戲！學於萬木，蓋無日不樂，而此樂最殊勝矣。

萬木草堂肄業的學生，大多是十五、六歲到十八、九歲的青少年，大約是現在高中生階段，這段時間，是人生意氣最高、求知欲最盛的時刻，這時有老師高明的啓沃教導，同學間不斷的切磋琢磨，確是難得的幸事。萬木草堂學生所處的時代，是中國數千年來最迷離低沉、最錯亂混淆的時代，但就是因為低沉迷離，中國未來的走向，才有各種可能，因為有各種的可能，在萬木草堂所接受的知識、養成的才幹，當然更有展現的機會，這一點，梁啓超就是最好的例子。

師生之間

東方人都十分重視師道，這點大概是受中國傳統文化的影響。中國傳統，是將老師放在與父親相同的輩分位置上，所謂「一日爲師，終身爲父」，民間還有將教師放入神位，與「天地君親」並列，可見教師之受尊重。但也因爲如此，傳統師生關係有時弄到十分嚴峻，這樣也不是很好。

教師的目的在教導學生作人處事的道理，學生大了，則傳授知識學問，即是韓文公說的：「師者，所以傳道、授業、解惑也。」無論作人處世乃至於研究學問，其中也許有「永恆的眞理」，但也有牽涉到認識、價値的部分，中間的理由並不是一成不變的，學生的認識與老師的也許不同，學生如果不知檢束、「勇於表現」，衝突可能就產生了，因此韓文公又說：「弟子不必不如師，師不必賢於弟子，聞道有先後，術業有專攻，如是而已。」昌黎先生早就爲師生之間可能發生糾紛而預留了伏筆。

師生之間相得如時雨春風，當然是杏壇的佳話，師生之間如發生爭執，有時各不相讓，彼此交惡，這樣的例子也不是沒有，但歷史往往獎善懲惡，對不好的例子報導較少。西方最有名的故事是古希臘哲人亞里斯多德公然與他老師柏拉圖唱反調，人訊之，亞里斯多德答以：「吾愛吾師，但吾更愛眞理。」歷史反而將師生之間各執眞理不放，當成美事一樁呢。

明代中葉有位有名的詩人，名叫李東陽（1447-1516），他是當時文壇領袖，有《懷麓堂集》傳世。李東陽除了有名文壇，在官場也頗有權柄，大致上說，他爲人持正，是個庸容大度的人，因爲常主考政，門下弟子很多。不幸他晚年當政時正好是武宗上台，武宗是明朝有名的昏庸皇帝，即位不久政權就落到宦官劉瑾手中，加上內閣大學士焦芳助紂爲虐，弄得政治一片塗炭。這時大臣劉健、謝遷等都辭職了，李東陽雖悒悒，卻仍留在朝中，試圖彌縫其間，有所補救。不過環境險惡，在別人眼中，李東陽只是委蛇避禍罷了。

這時李東陽有個學生名叫羅玘的寫信給李東陽。羅玘（1447-1519）雖是李的學生，但與李同年紀，他對老師的行爲很不滿，信中叫李東陽早日退職，語甚急切，李如不照辦，羅不惜請削門生籍，師生關係，弄到如此難堪，歷史確實罕見。焦竑（1541-1620）的《玉堂叢語》中載其事，曰：

> 正德（明武宗年號）時，李西涯（李東陽字）於劉瑾、張永之際，不可言節臣矣。士患其私，猶曲貸而與之，幾無是非之心。羅公玘乃李之門人，引大義責之。書云：「生違教下，屢更變故，雖常貢書，然不敢頻頻者，恐彼此不益也。今者天下皆知，忠亦竭矣，大事亦無所措手矣。《易》曰：不俟終日，此言非與？彼朝夕獻諂以爲常依依者，皆爲其身謀也。不知

乃公身集百垢，史冊書之，萬世傳之，不知此輩亦能救之乎？白首老生，受恩居多，致有今日，然病亦死，此而不言，誰復言之？伏望痛割舊志，勇而從之，不然，請先削生門牆之籍，然後公言於眾，大加誅伐，以彰叛恩之罪，生亦甘心焉。生蓄誠積直有日矣，臨楲不覺狂悖干冒之至。」李得書淚下。

古代師生關係大致來自考試。李東陽擔任考試主考，羅玘考上，便終身稱李為師，這層關係，古人稱之為座師與門生的關係。雖不是「業師」（指親自授業教書的老師），但師生情誼也十分融洽又嚴肅，不得造次。歷史上歐陽修與王安石、蘇軾的師生之誼，也是座師與門生的關係，並不妨礙彼此親密。後來史可法與老師左光斗，也是同樣的師生關係，史可法死守揚州，連月不寐，與將士輪番守夜，偶振衣裳，甲上冰霜迸落，或勸以少休，史答以：「吾上恐負朝廷，下恐愧吾師也！」師生精神相契已到如此莊嚴神聖地步，確實令人欽服嚮往。

羅玘寫信責備老師，以傳統標準而言，有犯上的嫌疑，不為一般道德所容。但這件事，歷史卻多給予正面評價，其中之一是李東陽十分寬宏，得書後不但不生氣，反而感動得落淚，足見他是有眞性情的人。李之留任，有不得已的苦衷，也有積極的貢獻，《明史》說：「其潛移默奪，保全善類，天下陰受其庇。」可為明證。在這種前提之下，羅玘冒言犯上，不但沒有羞辱到老師李東陽，反而成了師生之間的佳話了。

初識

梁啓超（1873-1929）十二歲進學、十七歲中舉（都是虛歲），算是神童了。他十五歲時，肄業廣州「學海堂」，這學海堂是兩廣總督阮元任內所立，以編《學海堂經解》聞名中外，《學海堂經解》後更名《皇清經解》，與清初的《通志堂經解》號稱清代最重要的解經叢書，可見學海堂以傳統經學著稱，所設課程，絕非一般學校的帖括之學可以比擬。

光緒十六年（1890），梁啓超初次拜見康有爲（1858-1923），康有爲當年三十三歲，梁啓超當年十八歲。兩年前，中法戰後，國事日蹇，康在北京第一次上書請求變法，提出「變成法、通下情、愼左右」三事，但「舉京師，咸以康爲病狂，大臣阻格，不爲上達。」他三度拜見當時的吏部尚書徐桐，請求代進，不獲接見，求見「帝師」翁同龢，亦被拒絕。但「狂名」傳回故鄉廣東，被少年的梁啓超得知，想盡辦法試圖一見，直到兩年後康才由北京回到廣州，梁急急央求同學陳千秋介紹，見到心儀了兩年的康有爲。

梁見康有爲的時候已具有舉人的身分，而康有爲卻屢試不售，到三十多歲還只是個秀才，以官場規矩，梁見康算是「下訪」。翁同龢在拒見康有爲時在日記寫著：「南海布衣康祖詒（康之別名）上書于我，意欲一見，拒之。」秀才因還只是個學生的身分，無法仕進，所以用「布衣」稱之也。據梁啓超回憶當時的自己是：「少年科第，且於時流所推重之訓詁詞章學，頗有所知，則沾沾自喜……」但這令少年自詡的訓詁詞章，卻被康斥爲「數百年無用之舊學」。梁啓超雖然心儀康有爲，對自己並不全然沒有信心，在他見了康有爲之後，自信竟完全消失了。他在〈三十自述〉一文中敘述那次初見康有爲的經過，他們從辰時（上午七時至九時）一直談到戌時（下午七時至九時），一整天的談話之後，梁啓超感到：

> 冷水澆背，當頭一棒，一旦盡失故壘，惘惘然不知所從事。

這是梁啓超初識康有爲的經過，驚悚的過程，使自己渙然若失，又開啓了知識生命煥然一新的可能。這一整天的談話，使得梁啓超決心離開故學，投身康有爲門下。第二年，康有爲開講堂於廣州長興里，便是「長興學舍」，不久更名「萬木草堂」，梁啓超、陳千秋、韓文舉等成了這「草堂」最早的學生。

同樣的事，發生在二十三年後的顧頡剛（1893-1980）身上。民國二年（1913），顧頡剛從上海赴北京，考上了北大預科，當時章太炎（炳麟，1868-1936）正在北京講學，顧頡剛因同學毛子水邀請同去聽講，顧氏在他《古史辨》的長序中詳述此次見面的經過及感觸，他說：

民國二年的冬天，太炎先生在化石橋「共和黨本部」開「國學會」講學，子水邀我同往報名聽講。我領受了他的好意，與他同冒了夜雪的寒風而去。

講學次序：星期一至三，講文科的小學；星期四，講文科的文學；星期五講史學；星期六，講玄學。

我從蒙學到大學，一向是把教師瞧不上眼的，所以上了一、二百教師的課，總沒有一個能彀完全懾住我的心神。到這時聽了太炎先生的演講，覺得他的話既是淵博，又有系統，又有宗旨和批評，我從來沒有碰見過這樣的教師，我佩服極了。子水對我說：「他這種話只是給初學的人說的，是最淺近的一個門徑呢。」這使我更醉心了。我自願實心實意的做他的學徒，從他的言論中認識學問的偉大。

顧頡剛聽章太炎的課不是很長久，不滿一個月，章太炎因反袁被袁世凱逮捕入獄，「國學會」只得停辦。但顧頡剛初識章太炎，與梁啓超一樣，被對方在學識上的「英氣」所懾服，遂決定終其一生從事學問。康、梁的關係，對中國近代史影響深遠，晚清戊戌變法是最重要者，民國之後，二人的主張不盡相合，但始終維持著師生之誼。顧頡剛後來研究上古史，也研究民間歌謠，不論治學的內容與方法，與後來日趨保守的章太炎，都相去甚遠。但沒有關係，章太炎給過年輕時的顧頡剛一種衝擊，一種學問上大開大闔的張力，使他終身受用無盡，這是初識時「冷水澆背」的作用。

酒話

中國飲酒的歷史悠久，幾乎與我們民族的歷史一樣老。《尚書》就有〈酒誥〉篇，大約是西周初年周公以成王命康叔戒酒之語，其中有言曰：「天降威，我民用大亂喪德，亦罔非酒惟行。越小大邦用喪，亦罔非酒爲辜。」這幾句話是說上天要顯示他的威嚴，要重重的處罰我們，我們喪德敗行，全是因爲飲酒的緣故，天下大小邦國淪喪，也全是酒造成的後果。周朝初年是全面禁酒的，他們取代的商朝，正是一個被酒所淹沒沉淪的國家，周朝許多文獻把商朝所以滅亡，看成是酒能喪邦的一個證據。據說商朝最後一個君主紂王，是個「酒池肉林」的昏君，所以周朝一統全局後，就對封建諸邦下了禁酒的命令。

但禁酒令很難有效執行，請看故宮博物院裡陳列的殷周銅器，包括傳國的鐘鼎彝器，絕大多數與飲酒有關，也就是說青銅器中大約有一半其實就是酒器。孔子是周朝人，《論語》〈鄉黨篇〉裡有段記錄孔子飲食習慣的文字，說孔子「食不厭精，膾不厭細，食饐而餲，魚餒而肉敗，不食。」孔子對食物是很挑剔的，甚至包括「割不正，不食；不得其醬，不食。」至於酒，則是「惟酒無量，不及亂。沽酒市脯，不食。」這是說孔子飲酒並沒有太多限制，只要不喝醉亂鬧事就可以，還有就是不到市上雜貨店打酒，不在市場肉攤上買肉，那裡的酒肉不能保證衛生，這證明孔子所飲的酒是家裡釀製的酒，所食的肉，是庖中所宰的肉。這是爲什麼現在大陸有「孔府家酒」傳世的緣故。

酒其實很容易製造，只要懂得發酵的原理就能製酒，任何水果及有澱粉質的東西，尤其是穀物，都可用來製酒。但酒有好有壞，其中差別不可以道里計，這跟人人會說話，而要成爲演說家很難一樣。

在蒸餾技術發明之前，一般的酒都是釀製的。釀製的酒酒精成分不高，李白說：「會須一飲三百杯」，看似誇張也不全是誇張，這與會飲酒的人喝啤酒總是不醉一樣。釀製的酒因酒精度數不高，所以不耐久藏，我們看唐詩，發現富貴之家喝的多數是「新酒」，白居易有首名〈問劉十九〉的小詩道：

綠蝗新醅酒，
紅泥小火爐。
晚來天欲雪，
能飲一杯無？

這是一首色彩豐富又有溫度的好詩，色彩有綠、紅、黑、白，溫度有寒冷與溫暖。這裡引用它是因爲它的「新醅酒」，所謂新醅酒就是新釀成的酒，「綠蟻」是指新酒尚未過濾，上面還飄浮著綠色的酒醩。這種酒剛剛出鍋，酒香四溢，味道最爲醇美，在小爐中溫過喝，更爲入口。古人飲酒，多置爐灶旁，理由在此。西漢文學家司馬相如與卓文君情奔，二人在成都市上鬻酒爲業，書中以「文君當爐」稱之，傳爲佳話。釀製的酒一不小心釀過了頭就會變酸，就成了「醯」了，醯即醋，富貴之家是不喝這種發酸的酒的，只有落魄的人物，才會喝這種酒，因爲便宜的緣故。杜甫在四川時，有首〈客至〉的詩，描寫客來時的歡愉，也寫出自己家貧無法好好招待客人的窘態，詩曰：

舍南舍北皆春水，但見群鷗日日來。
花徑不曾緣客掃，蓬門今始爲君開。
盤飧市遠無兼味，甕酒家貧只舊醅。
肯與鄰翁相對飲，隔籬呼取盡餘杯。

頸聯兩句，說明家居荒涼，無法準備豐富菜色，至於酒，只能以隔年的「舊醅」來招待了。這一點，與今俗正好相反。現代酒冠上「陳年」字樣，就表示是好酒，索價亦昂，白蘭地中的VSOP或XO，其中的O皆是Old的縮寫，表示都是陳年佳釀。

《世說新語》有〈任誕〉一篇，專記魏晉之際荒誕放任人物故事，五十四則中，幾乎則則與酒有關，可見酒能令人放鬆，人在放鬆後其眞性情才現出來。眞性情當然可貴，但如毀棄禮儀，讓人恢復生物的原始狀態也很危險，所以孔子「惟酒無量，不及亂」的修養，就很有意義了。

茗泉

茶須以水充泡，對飲茶人而言，茶固須精選，水尤須考究。

中國傳統茶書中論及茶之種類，茶之培育、採集、烘製者甚多，言及水者亦復不少，如唐有張又新之《煎茶水記》，明有田藝蘅之《煮泉小品》、徐獻中之《水品》、孫大復之《茶經水辨》等，這些書看書名就知內容。有些論水的文字是放在一般的茶書之中，幾乎比較有「規模」的茶書，裡面都有專門論水的部分。

這當然是合理的，飲茶其實喝下肚的百分之九十九都是水，對水的要求應該十分嚴格才對。水的好壞事實是指水的純粹如何，所謂好水，即是百分之百的水，中間毫無雜質。以現在的自來水而言，因須防止病菌而加了一些化學藥劑如氟、氯之類的，這些藥劑對衛生無害，但用以泡茶就不適宜，因此善飲者，多捨自來水而取山泉，因為山泉是自然的水，無人工添加物也。

喜取山泉還有一個原因，就是山泉是流動的，水一停滯，就易腐出蟲，混濁而不純粹矣。其次泉水可能帶有一些特殊而有益的礦物質，有利於「發茶」，所以茶書中的閬苑、羅岕名種，必須以良泉沖泡，否則無法得到眞正茶味。

古人對各地名泉，往往喜加品第，如無錫惠山泉，唐宋時多被品爲「天下第二泉」，蘇州虎丘亦有泉，被品爲「第三泉」，其餘議論紛紛，莫衷一是。至於天下第一泉在何處呢？說起來就更加神奇而有趣了。據張又新《煎茶水記》所載，揚子江南零段（今江蘇鎭江附近），江中會湧出一股泉水，此泉又名江心泉，爲天下第一。據說此泉爲陸羽所評定，該書記陸羽一次在揚州旅中，遇見當時赴湖州任所的李季卿，二人同行至南零，李派人挈瓶操舟至江心取泉，書中記此事頗爲神妙，曰：

俄水至，陸（羽）以杓揚其水曰：「江則江矣，非南零者，似臨岸之水。」使（李所派取水之人）曰：「某櫂舟深入，見者累百，敢虛紿乎？」陸不言。既而傾諸盆，至半，陸遽止之，又以杓揚之曰：「自此南零者矣。」使蹶然大駭馳下曰：「某自南零齎至岸，舟蕩，覆半，懼甚尠，挹岸水增之。處士之鑒，神鑒也。其敢隱焉。」李與賓從，數十人皆大駭愕。

這段記錄誇張神話至極，可信與否，當然見仁見智。瓶中半置南零水半置岸邊水，放置一段時間後，竟然互不相混，這是不合常理之事，宋代陳振孫在他的《直齋書錄解題》中已極斥其妄，事實上，江心泉一湧出，即與江水混合，欲求純粹，斷無可能。當然《煎茶水記》所強調的是茶聖陸羽辨別泉水的能力，已到神妙境界，絕非常人所及，否則怎能算是「茶聖」呢？這個記錄，只是傳統「造神運動」的一部分罷了。

張岱《陶庵夢憶》有段文字，記錄他早年在南京桃葉渡見閔汶水的故事。閔汶水是當時有名的品茶專家，時人稱其閔老子。張岱初嘗新茗於閔府，忽論及泉水，文曰：

> 余（張岱）問：「水何水？」曰：「惠泉。」余又曰：「莫紿余，惠泉走千里，水勞而圭角不動，何也？」汶水曰：「不復敢隱，其取惠水，必淘井，靜夜候新泉至，旋汲之，山石磊磊藉甕底，舟非風則勿行，故水不生磊。即尋常惠水，猶遜一頭地，況他水邪！」

這段文字可看出古人如何對待水了。淘井靜夜候新泉，汲泉以石藉甕底，以舟運水，非風則勿行，主要是使水在運送過程中，保持靜止、不受攪動，這樣才能作到「水不生磊」，泡開的茶湯，才能「圭角不動」，這段描寫，令人讀來糊裡糊塗的墮入神話境界，也就沒人管他什麼是「水不生磊」、什麼是「圭角不動」了。只知道張岱能體會茶水的些微差異，這證明他的味覺及嗅覺，已確實出神入化了。

光是對水的幾微之辨，已到如此嚴苛地步。在傳統文化中，誰說飲茶不是高明的藝術呢？

虛空

有時候，在人生的某一境遇，會頓然覺得虛空。所有存在的，都失去了意義，這種失落的感覺，有時很短，有時很長，如果長了，便容易使人的情緒落入深淵，陷入低潮，總之是一種不好的感覺。

失敗的愛情，困頓的事業，一籌莫展的前程，都使人意志消亡。人生在世，不見得靠意志來生存，但意志消亡了，所有存在的，似乎都成了夢幻泡影。意志有點像著色劑，經它一點，生命中的所有景氣，都鮮活而有豐富的色彩，失去它，生命不只成了黑白，徒具形象的一切，都成了與我無關的廢物。

佛家叫人拋開意志，不過他們不叫它意志，而是叫它「我執」，當我執拋開，生命不僅黑白，沒有任何令人興奮的顏色，而且確實與我無任何關連，佛家認爲，這世界連黑白形象都是不存在的。這是眞相，眞相即是無相。但一般人不見得能眞悟至此，佛家的形容，使人更加容易墮入虛空罷了。

這都緣於人生在世僅是短暫的存在。中國有三不朽說，試圖證明人其實有永恆性，某些宗教也試圖以天國、來生或轉世來證明這點。人生假如眞的是永恆的話，那便無須爲一次失敗的愛情而沮喪，因爲源源不絕的後續愛情，不見得都會失敗，同樣的，困頓的事業必定有所轉機，而一籌莫展的前程，也可能宏圖大展，表面上，人拋去了虛空，然而永恆的人生，表示將要經歷無窮無盡的愛情，最後的結果，是人於任何感情都只能以冷漠相對，生命永恆了，而愛情卻失去了意義，這樣的人生，豈不是一場更大的空虛？幸好人生不是永恆的，我們無須對失敗的愛情、困頓的事業憂傷。

物質不滅與生命的永恆是兩回事，當一滴水被分解成氫和氧時，還堅持它具有水的性質，是完全不合理的。也有人說人是世界的一部分，如果世界永恆的話，人也是永恆的。首先不討論當世界存在而人已變成灰塵，這樣的狀況是不是可以算是永恆，即使是世界或是比世界更大的宇宙，也不會是永恆存在的，終有一天會在無垠的天幕消失無蹤，只是消失的時間，長到我們無法計算及了解。幸虧我們活在一個「修短隨化，終期於盡」的有限世界，因爲時間有限，空間有限，我們的人生才充滿了無可奈何，也充滿了驚奇、悲傷與不可言喻的歡欣。

生命雖然短暫，但生命是有意義的。一天夜裡，我重讀年輕時看過的一本書，是二十世紀英國哲學家羅素（Bertrand Russell, 1872-1970）寫的《我的信仰》（*What I Believe ?*），其中有言道：

我相信，我死後，我將腐爛，我的自我沒有任何東西會殘存。我已不年輕，然而我熱愛生活。我瞧不起因想到死亡而嚇得發抖的人。幸福並不因它終會完結而不是眞的幸福，思想與愛情，也不因它們不能永存而失去其價值。許多人在斷頭台上仍然保持高傲，這種高傲諒必能教我們正確思考人在世界上的位置。

羅素這席話，是一九二五年說的，一直到今天，仍然有振聾發聵的作用。失敗的愛情不證明愛情不曾存在，人無須爲失敗而覺得虛空。所有的東西，包括世界與宇宙最後都會蕩然澌滅，我們不能因爲這必然的結果而頓失所依，便懷疑萬象的眞實。失去證明擁有，短暫證明永遠，一些人在斷頭台上仍然保持高傲，他們並不是藉此武裝自己或嘲諷別人，而是強調他們曾經活過的，包括愛與恨，都是有意義的。他們相信生命，儘管他們立刻就會失去生命。

醉與醒

有人醒著說醉話，也有人醉著說醒話。醒著說醉話，是指人雖醒，所說的話沒意義、不負責任，就跟醉漢說渾話一樣。說他所言是醉話，還算客氣，說難聽一點，叫著睜眼說瞎話，如果指人說瞎話，除了指他是胡扯之外，還有一些居心不良的意味。說醉話還算天真，說瞎話就有點味著天良，有點害人的味道啦。

也有人醉著說醒話。什麼叫做醒話呢？醒話是指人在清醒的狀態下在人面前所說的話。必須點出是在人面前說的，是表明不是竊竊私語，也不是獨白。在人前說話，必須保證是眞的，至少他自己要「信以爲眞」。說眞話很難嗎？爲什麼要「保證是眞的」呢？小孩說眞話很容易，要大人說眞話就困難了，這困難又與他介入政治與商業的程度成正比，介入越深，說眞話越難，這一點學術界比較好，但有些有政客傾向的學界中人，比純政客有時還難說眞話，李卓吾說：「滿場是假，矮人何多焉！」這時突然傳出童子語，道出遊行中的國王原來赤身裸體、一絲不掛，所形成的尷尬場面，就特饒趣味了。

燈下無聊，展讀《史記》，在〈滑稽列傳〉中看到淳于髡的故事，心情爲之開朗不少。什麼叫做「滑稽」呢？司馬貞的《史記索隱》上說：「滑，亂也；稽，同也。言辨捷之人，說是若非，言非若是，言能亂異同也。」所謂「說是若非，言非若是」，是指滑稽者能顛倒是非，顛倒是非不見得是壞事，假如舉世皆醉，習於積非成是，那滑稽者的言談，就有撥亂反正的作用了。

淳于髡是個個子不高的男子（長不滿七尺），又是從外地被招贅到齊國的人（齊之贅壻），容貌也不怎麼樣，是個禿子（髡即禿，先秦人喜以身體特徵命名），身分地位顯然不如常人，但靠著「言談微中」、滑稽多辯的本事，爲齊威王解決了不少政治上的難題。齊威王很感謝他，一次在後宮大張宴席，請淳于髡飲酒，席間威王問他酒量如何，他竟說：「臣飲一斗亦醉，一石亦醉。」一石是一斗的十倍，假如一斗是現在的一瓶吧，一個能喝十瓶的人，怎會喝一瓶也能醉呢？這是威王無法了解的。淳于髡解釋說，飲酒跟人的處境與心情有關，處境艱難、心情緊張，如「賜酒大王之前，執法在旁，御史在後」，這時是飲不下酒的，勉強喝，一斗就醉了。要想酒喝得多，心情必須放鬆而愉快，如「朋友交遊，久不相見，卒然相睹，歡然道故，私情相與，飲可五、六斗徑醉矣。」最精采的是描寫令他酒興大開的場合，他說：

若乃州閭之會，男女雜坐，行酒稽留，六博投壺，相引爲曹。握手無罰，目眙不禁，前有墮珥，後有遺簪，髡竊樂此，可八斗而醉二參。日暮酒闌，合尊促坐，男女同席，履舄交錯，杯盤狼藉，堂上滅燭，主人留髡而送客，羅襦襟解，微聞薌澤，當此之時，髡心最歡，能飲一石。

以描寫飲酒心理而言，這是中國歷史上最好的文章，司馬遷確實也是最偉大的文學家。淳于髡說得對極了，心情歡愉時酒興高，酒興高時酒量大，反之亦同。最令淳于髡歡愉的場合，都與男女放鬆禁制有關，「握手無罰，目眙不禁，前有墮珥，後有遺簪」，又「合尊促坐，男女同席，履舄交錯，杯盤狼藉」，其中又有一些描寫如：「羅襦襟解，微聞薌澤」，更會引起情欲的聯想，頗為道德論者所不容，但這是飲酒者的眞話，雖然酒氣薰人，但確實是一段如假包換的「醒話」。

司馬遷在這麼偉大的一段文字之後，寫下一段不太「偉大」的結論，說；

故曰：酒極則亂，樂極則悲，萬事皆然，言不可極，極之而衰，以諷諫焉。齊王曰：「善。」乃罷長夜之飲，以髡為諸侯主客。

這後面的一段結論，對照於淳于髡之言，是完全不通的，淳于髡的話中，何嘗有「酒極則亂，樂極則悲」的含意呢？威王後來罷長夜之飲，可能是另外有原因吧，與淳于髡之言有何關係呢？司馬遷在這裡突作轉折，勉強使之符合道德訓誡，倒是段不折不扣的渾話了。讀到這裡，不知道此時的司馬遷，是醉著了或者是醒著的？

年假

與西方人不同的是，西方人的年假是以耶誕節與新年爲核心，耶誕節原本是宗教的節日，用來宗教崇拜，也用來家庭團聚。而新年呢，比較屬於年輕人的，那是朋友相會的日子。但耶誕節與新年只隔六天，很容易組成「一套」連續假期，這是西方社會年度最重要的假日，一年儲備的熱情，大致在這段假期消耗一半，或者一半以上。在中國，年假是以陰曆新年爲核心，古人過年是很大的事，朝野都極爲重視。京城的官吏大抵從外地來，平時公務倥傯，無暇返家省親，值此年假，多用以歸省，而中國幅員遼闊，交通不便，回家須長段時間，所以朝廷規定的年假也許不長，而大小衙門都依例輪休輪值，過年前後，多處於半停頓狀態。

五四之後，中國大量接受西方文化，但年假的習慣似乎根深柢固，不太能接受西方的那套規矩。近鄰的日本，早已取消了陰曆慶典，把原來的陰曆新年的慶典活動都橫的「移植」到陽曆元旦，一切舊習都改了，連到廟裡敲曉鐘、插頭香，也改在新曆元旦來進行，傳到中國人耳裡，深覺不可思議。中國人認爲，人間也許可以採用新曆，但在天界的神明、陰界的鬼厲，恐怕還得用祂們習慣的舊曆才好，「祭神如神在」，萬一把神明弄糊塗了，該來的不來，該走的不走，那可不得了！

除夕前一周，學校的課業紛紛結束了，教師都還沒閒著，仍然要結算成績，還要開期末大大小小的會，但學校大部分是學生，學生星散了，校園顯得空曠又冷清。到了接近除夕，教師的事也忙完了，也須回家處理過年的事，這時再走進校園，熟悉的環境少了人聲，突然覺得虛浮又不眞實。人聲有時很像光線，能使形象產生變化，東西缺少光線，就像不存在一樣。此刻的學校，教室、研究室、椰子樹、長廊，平常再熟悉不過的，在極端闃寂的空氣中都全變了樣。

年假的城市也有新的景觀。城市裡的人因返鄉一下子少了一半，像絨毛玩具拿出了塡充物，因空洞而變了形。城中的年輕人，又集中跑到新興的東區，那裡有大型的商場與娛樂設施，使我住的舊城，像跌入歷史中一般，不再有人聞問。偶爾幾聲零星的爆竹，在冷巷間回響，窗外有一兩個人經過，留下的笑語也很短暫，一時之間，令人分不出喧鬧是眞實的城市，或者靜謐才是。

中國社會最重家庭，家庭則以老人爲中心，因此傳統節日，也往往把老人家與喜慶聯在一塊兒，「福祿壽三星拱照」、「福海壽山」、「松鶴延年」的祝詞，任何節慶都使用得上，代表年長者的南極仙翁，隨時出現都受人歡迎。然而事實上，所有的節日，還多是爲孩童與青年人而設的，他們有好奇心，喜歡偷窺未來的一切，他們有無窮的精力，可以用在不舍晝夜的慶典之中，他們有極好的胃口，可以用來遍嘗節慶的所有的肥膩的、帶刺激性的食物。而老人家呢，就像一尊神被供在中央，占著的雖是重要位置，但大家都無須理睬他，他吃也吃不太動，話也說不怎麼上來，就擱在那兒，讓他在太陽底下閉目養神吧！

年假很好，可以讓年輕人熱烈的預期未來，可以讓上年紀的人用哲學家的口吻說話：「天底下沒有新鮮的事，所有的事以前都見過！」過年很好，可以讓鄉下地方熱鬧一下，又可以讓平日煩囂的城市冷卻下來。今年新年期間，來了一陣寒流，然而寒流一過，就有兩天短暫的好日子，偶爾還會麗日當空。有一天早上，我坐在朝東落地門邊的躺椅上看書，我打開玻璃門，讓久別的陽光平均的照在身上，姿勢有時像欠伸，有時略蜷身軀，像一隻老貓一樣。此時唱機，放著巴柏（Samuel Barber, 1910-1981）那首名叫〈慢板〉（Adagio）的弦樂曲，曲聲悠揚而緩慢，像時間一分一秒的從前面飄過，又像那斜斜的日光，在我身上一點一點的挪移。

乘興

乘興就是指心裡起了念頭，就立刻照著去做。譬如想看電影，便乘著這念頭到電影院，但一看電影院門口人山人海，想擠進去買張票也得大費周章，這時興頭就降了下來，便決定不看了。一切興頭都是臨時興起的，事前並沒有任何的設計與安排。《世說新語》裡有段文字，寫的便是乘興的故事，文曰：

王子猷居山陰，夜大雪，眠覺，開室，命酌酒，四望皎然。因起彷徨，詠左思〈招隱賦〉，忽憶戴安道。時戴在剡，即便夜乘小船就之。經宿方至，造門不前而反。人問其故，王曰：「吾本乘興而行，興盡而返，何必見戴？」

王子猷名徽之，戴安道名逵，都是東晉初年的著名人物，《世說新語》裡面有很多有關他們的記載。王子猷雪夜訪戴安道，但卻在初到戴門前就折返，他說是「乘興而至，興盡而返」。可見他並沒有非見戴安道的理由，只是一時興起了見戴的念頭就啓程而已，沒有見到戴，而自己的興盡了，便隨即回去，就如此而已，這整件事十分簡單，都是王子猷個人的念頭，與戴安道一無關連。

乘興當然是以個人爲準，不管他人，一涉及他人，「興」就很難「乘」了。凡事與人有約，都須要與人配合協調，這時「興」就很難起得來。王維有詩〈終南別業〉，云：

中歲頗好道，晚家南山陲。
興來每獨往，勝事空自知。
行到水窮處，坐看雲起時。
偶然值林叟，談笑無還期。

唐人喜將別墅稱作別業。王維於長安附近終南山有別墅，時往居之，便是詩中所謂「晚家南山陲」，此詩便寫於此處。此詩的重點在頷、頸二聯，「興來每獨往」，與王子猷夜訪戴安道的情況完全一樣，「獨往」是一個人前往，不是與人相約共往，所以是自由的。因爲是單獨行動，即使遇到勝事美景，也只能一人獨享（當然遇到了不痛快與災難，也須一人承擔），這便是「勝事空自知」。下聯「行到水窮處，坐看雲起時」中的行與坐，完全是不經意的，不是有意去尋找水源，也非有意去坐看雲起，這一切的際遇都是偶然形成，沒有任何人爲的安排與掌控。我不在意並不證明我不存在、我不重要，我的存在、我的重要是以另一種形式展現的，那便是將我融入整個自然之中，成爲其中的一部分，這部分雖小卻是不可或缺的。在自然的山水畫畫幅中，我也許只是其中的一點一畫而已，在樹我是一葉，在水我是一滴，在山我是披麻皴中的一小段枯筆線條，我雖小，但我構成了山水，構成了世界，所以說我存在，而且我重要。我觀賞了風景，也參與了風景，我的遭遇對我而言是偶然，但在自然而言卻是必然。

詩的末句也很重要，出遊不是刻意，因此歸期亦無限制，眞是「欲去則去，欲留則留」，隨機觀化，不著痕跡。「偶然値林叟，談笑無還期」，重點在「偶然」，因爲一切是偶然，沒有時間壓迫，所以整個旅程是輕鬆而從容不迫的。

蘇東坡曾批評陶淵明說：「陶淵明欲仕則仕，不以求之爲嫌，欲隱則隱，不以去之爲高，饑則扣門乞食，飽則雞黍以迎客，古今賢之，貴其眞也。」我覺得這是最好的稱頌，人眞性情湧現的時候，興起便起，興盡便回，如鳶飛魚躍，不傍不依，如此始可謂之自然。

乘興是一種自由，自由不靠他人完成，眞正的自由必須自食其力。王子猷如與人約好，便不能享受興盡即返的自由，王維如參加旅行團，便不能在雲起時優閒的坐看，他如趕飛機，便不能與陌生的林叟作無盡的攀談。自由得由自己決定前程，而非看別人的臉色，自由當然有責任，那便是無愧於孤獨時的自我。我終於了解，明人劉蕺山何以主張愼獨了，原來愼獨是用來追尋人在孤獨狀態之下的最大自由的可能。

江西人

閱清人筆記，對江西人多尖刻語，如稱江西人是「開當鋪的」、「磨剪刀的」或「彈棉花的」。民國小說家，好像老舍或者沈從文吧，也曾在文章中譏誚過江西人，稱別省人爲老鄉，獨稱江西人爲「老表」，譏諷中也有些親暱，大約江西人都是小人物，所操雖不是「賤業」，但絕對不足抬舉，因此大家都對之十分輕慢。

前年春假，與友朋學生遊南昌，與江西大學文學院師生座談，餘暇則走訪廬山，過白鹿洞，又赴景德鎮轉婺源，隨後經鷹潭走山路赴福建武夷山，途中遍訪名勝，多與朱子有關。朱子是婺源人，婺源這個地方古屬徽州，應是安徽省的一部分，但緊鄰江西浮梁，地甚平坦，與徽州山嶽縱橫的地勢有所不同，是故亦有時代將其併入江西省轄管，民國以後以至大陸目前，均將該地歸爲江西。我先不知此掌故，在初登「滕王閣」時，壁上丹青彩繪江西先賢，見朱子赫然在其上，以爲誤植，後經人指點才恍悟，始知研究地理沿革，甚爲重要，不可輕忽也。

所謂「豫章故郡，洪都新府，星分翼軫，地接衡廬」，江西這塊地，在中國歷史上是極爲重要的。宋代之後，政壇人物、文學之士，多出自江西，歐陽修、王安石、曾鞏、姜夔、文天祥以至湯顯祖都是江西人。除此之外，江西是中國哲學發展歷史上不可或缺的重要地點，朱子知南康，講學白鹿洞，與陸象山（九淵，江西金溪人）在鵝湖論學，南康、白鹿洞、鵝湖均在江西。不僅如此，明代哲學以陽明學獨盛，陽明雖係浙人，平生事功以平江西宸濠之亂爲第一，前後在贛講學多年，弟子謹守師訓，不逾矩矱，後學稱之「江右王門」，劉蕺山極力推重，曾說：「陽明一生精神，俱在江右。」足證江西學者之嚴謹篤實。

江西於學術文化有此貢獻，南昌爲輻輳之地，自古就是名城，理應自豪。但那次我在南昌所見，卻有些失望。滕王閣新修，完全是鋼筋水泥弄出來的，閣樓飛簷過高，遠望如邪教總壇，毫無建築之美，想唐代王勃作賦之處，絕非如此景象。南昌市容傖俗，大樓林立，但毫無整體規畫，市中大街名「八一路」，廣場名「八一廣場」，紅幡處處，一片腥風，蓋紀念民國十六年國民黨清黨，共軍「南昌起義」的日子，此後「八一」成了中共的「建軍節」。文化城成了一個只紀念紅軍的紅軍城，令人不敢恭維。

不過一離開城市，江西就成了富裕又優美的土地。我印象最深的是水流清潔，不論在南昌滕王閣邊的贛江，以及到廬山、婺源乃至鷹潭路上所見河川，都清淪無比，似乎一點都沒有汙染。這可能要拜江西仍是一個農業省分，缺少大型工廠之所賜。

江西沿江相當富足，但聽說大部分山區依然十分貧窮。江西人自古篤實勤勞，雖代出賢士，然罕聞江西人高視闊步、糜爛浪費者。一地有一地之風氣，江右諸儒，規行矩步，實因「地氣」

之所感，自然如此矣。近讀明初學者陸容所撰《菽園雜記》，其中有段記錄江西人生活勤儉文字，文甚有趣。文曰：

> 江西民俗勤儉，每事皆有節制之法，然亦各有一名。如喫飯先一碗不許吃菜，第二碗才以菜佐之，名曰「齋打底」。饌品好買豬雜臟，名曰「狗靜坐」，以其無骨可遺也。勸酒果品，以木雕刻彩色飾之，中惟時果一品可食，名曰「子孫果盒」。獻神牲品，賃於食店，獻畢還之，曰「人沒分」。節儉至此，可謂極矣。學生讀書，人各獨坐一木榻，不許設長凳，恐其睡也，名曰「沒得睡」，此法可取。

文中描寫江西人雖貧窮，卻能以勤儉應之，而勤儉之間，又雜以幽默，常作自我調侃，明明菜少只能多食白飯，卻說是「齋打底」，明明無骨給狗啃，卻說是「狗靜坐」，我突然想起朱子訓練學生，教人半日靜坐、半日讀書，江西人開玩笑，也不失理學家的味道。這種調侃自己的態度，使得江西人窮而不困，這是一種智慧，就憑這種智慧，江西人在遭遇潦倒愁苦打擊時，仍能保持悠遊的心境。江西詩人陶淵明詩中說：「采菊東籬下，悠然見南山。」悠然不容易做到，因爲那是一種藝術化的生活態度。

輯四 · 書及其他

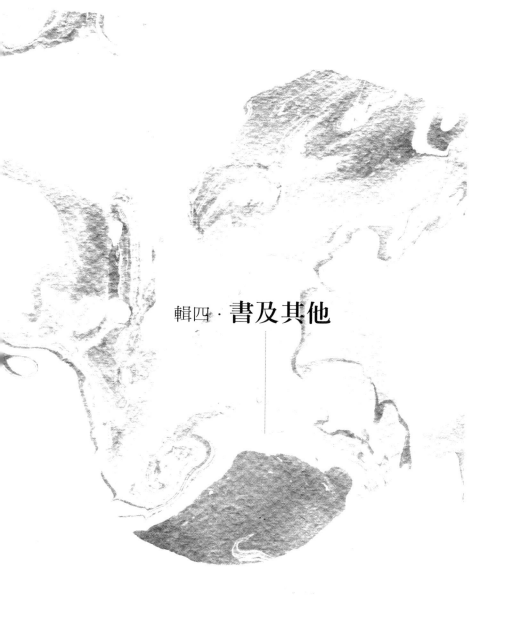

呻吟語

在電視新聞上看見總統接見外賓的畫面，總統府客廳的牆上掛著一幅很大的行書鏡框，上面寫著：

大其心容天下之物，虛其心受天下之善，平其心論天下之事，潛其心觀天下之理，定其心應天下之變。

由於鏡頭很快轉過，我事實只看到行書的前面幾行，後面的是自己的「推想」。這文章寫得很好，如果能夠做到，就臻於聖人的化境了。可惜那幅行書寫得不好，字甚佻達，不夠莊重，不知是何方神聖所書。

這段話是明代學者呂坤說的。呂坤（1536-1618）字叔簡，號新吾，寧陵（今河南寧陵縣）

人。他是隆慶辛未年（1571）進士，做過襄垣縣令、大同府尹，山西按察史，陝西布政史，京官做過都察院左僉御史，刑部左侍郎，這個官，相當於現在的司法院副院長，以官運而言，他算是相當「亨通」的人。

他做官多與司法有關，而他在操守上十分嚴正，從不首鼠，對錯分明，因而也得罪不少人，《明史》說：

坤剛介峭直，留意正學。居家之日，與後進講習。所著書，多出新意。初，在朝與吏部尚書孫丕揚善。後丕揚復爲吏部，屢推坤左都御史未得命，言：「臣以八十老臣保坤，冀臣得親見用坤之效。不效，甘坐失舉之罪，死且無憾。」

他得到忠臣、能臣的推薦，卻也引起貪官汙吏的厭惡排擠，而他無論何時何地，都保持狷介的性格，從不順應時潮，也不向人低頭。有次內閣大學士葉向高向皇帝薦舉他，想請他擔任要職，北京官場都知道此事，有人告訴呂坤，應向葉致謝，結果他說：「宰相爲國薦人，公也；若致謝，是以謝爲求矣。」竟不應。可見他的操守。

他晚年退居林下，日與弟子講論不輟。他最主要的一部書是《呻吟語》，前面所引的文字，就出於此書。《呻吟語》可以說是一部「格言」集，這類的書，在晚明時十分流行，如屠隆有《清言》，陸紹珩有《醉古堂劍掃》，洪應明有《菜根談》等，這類文字是用簡單的文句，寫下作者對人生、對世事的看法。明代人不把這類文字稱作格言，他們喜歡把它叫做「清言」，不過也不是那麼統一，如果把這類文字放在一起來看，呂坤的《呻吟語》，該是此類作品中比較早的，顯示這本書是具有啓示意味的了。

大部分「清言」都強調有讓人清心寡欲的作用，所以這類書多多少少帶有一種佛教的出世思想，而《呻吟語》卻不然，呂坤反對佛教，根基理學，《明儒學案》說他：「一生孜孜講學，多所自得，大抵在思上做工夫，心頭有一分檢點，便有一分得處。蓋從憂患中歷過，故不敢任情如此。」所謂「任情」包括迴避與閃躲，他面對苦難，直頭擔當，一點沒有逃遁的打算，他的《呻吟語》，可以視爲一個正統儒者的道德自省錄。

把書取名爲《呻吟語》，其原因在卷首自序上說：

呻吟，病聲也；呻吟語，病時疾痛語也。病中疾痛，爲病者知，難與他人道。亦惟病時覺，既愈復忘也。

呂坤的《呻吟語》是他一生經歷病痛之所得，他所謂的病痛，有些是身體的，大部分則是道德上的困頓，命運上的打擊，他在不斷陣痛的呻吟中體會出應付之道，所以《呻吟語》中充滿了飽熟生命之下的睿智，書中有段說：

余二十年前，曾有心迹雙清之志，十年來有四語，云：行欲清名欲濁，道欲進身欲退，利欲後害欲前，人欲豐己欲約。近看來太執著太矯激，只以無心任自然，求當其可耳。名迹一任去來，不須照管。

這是生命成熟之後的體悟。這四句話表面看來有些「矯激」，但世上名利只是假象，這假象不只佛家才能看出，儒家也把它看得透徹，所謂「名欲濁、利欲後」，就是要把假象打破，眞如此，方能把握生命的眞意。這話雖簡單，卻是不容小覷。

夜航船

歷史上取名《夜航船》的書共有三部，清代有個署名「破額山人」的曾著此書，後來莊蘧庵也有同名的著作，其實最早以此名書的是明末清初的張岱（1592-1689?），他的書因牽涉民族思想，在清朝大部被禁，這本書原是談日常掌故，裡面根本沒有什麼國仇家恨的，但也被禁，一直到三百年後的二十世紀八〇年代，才重見天日。以往知道張岱有此作的人很少，這部書像一條被封存的船，終於在三百年後解封出航，也算晚近書海故事中的奇聞。

張岱在此書自序中說：「天下學問，唯夜航船中最難對付。」夜晚坐在航行的船中，艙間旅客各色人等，看你是讀書人，可能提問題向你請教。讀書人也許飽讀詩書，但所提問題不見得在詩書範圍內，譬如「瀛洲十八學士」是誰？「雲臺二十八將」又是誰？「龍生九子」，幹麼生九子、九子又是誰？任何人遇到這類問題，恐怕只有瞠目結舌，不知該如何作答了。張岱這部《夜航船》就在爲這類問題準備答案，上自天文，下至地理，四方六合八荒，無不盡包在內，有的是有來由的典故，有的不見得有來由但世人卻視之爲眞理，這本書，有屋宇房舍、家畜禽鳥、人倫關係、拆字雜技、怪力亂神，應有盡有，不應有也有，可說龐雜有趣極了。

提問的人，九教十流，所提問題，有時像現在的腦筋急轉彎，整體看毫無道理可言，但分開來看卻不見得全說不通。而且在夜航船上，總有預料之外的事發生：有些冒充有學問的人夸夸而談，這時有人提問題，提問的人並不等閒，尋常巷陌也是臥虎藏龍的，問答之間，高下立判，張岱在自序中說了個故事，曰：

昔有一僧人，與一士子同宿夜航船。士子高談闊論，僧畏懾，拳足而寢。僧人聽其語有破綻，乃曰：「請問相公，澹臺滅明是一個人、兩個人？」士子曰：「是兩個人。」僧曰：「這等說堯舜是一個人、兩個人？」士子曰：「自然是一個人！」僧乃笑曰：「這等說來，且待小僧伸伸腳。」

士子高談闊論，卻是個如假包換的草包，提問的小僧，原來頗有城府。這本書，據張岱言，記的都是極等閒又膚淺的事，但儘管等閒，有時也唬得住人，儘管膚淺，其中也可能藏有眞理，張岱說：「吾輩聊且記取，但勿使僧人伸腳則可矣。」這當然是玩笑話，不過笑談中也有寓意。

許多年前一個泥水匠到我家整修房舍，看我滿架圖書，突然問我知不知道狗的心肝是華佗用土做成？我說不知道，他很不以爲然，眼睛流露些不屑的表情，說：「你是老師，怎麼這事都不知道呢？」我央求他，他才告訴我。原來三國時的名醫華佗手術雖好，但心卻不很開朗，華佗妻子年輕又漂亮，華佗老是擔心她會看上別人，所以每次外出看診，就會把她大卸八塊，掛在密室，等看診回家再將她縫合，一縫合，她就又活蹦亂跳了。就這樣卸呀縫呀，也從來沒出過事。一天華佗又出外看診，中午一位朋友來看他，午餐時間，家中並無菜餚，華佗的嫂子突然發現密室裡掛著肉塊，就隨意將其中的心肝切來炒給朋友吃了。華佗回家縫合妻子，發覺少了心肝，因事況緊急，只有將家中的狗開膛破肚，把狗的心肝裝在妻子身上，說也奇怪，妻子竟也活轉過來了。但做醫生是不能殺生的，這是那位泥水匠說的，他就用泥土捏了個心肝，裝進狗的腔子裡，從此以後，狗的心肝就是土做的啦！那位泥水匠還說，一隻狗受傷了，不管傷得多嚴重，只要牠把心肝貼向土地的那一邊就不會死，因爲是跟「土氣」相通的緣故呀！

士子瞧不起僧人，僧人也瞧不起士子。泥水匠說的沒什麼道理，華佗既然會用泥土做心肝，何不直接把心肝裝進他妻子身上？狗給開膛破肚是有點冤枉，何況華佗只爲一隻狗做了土製的心肝，何以後來的狗的心肝都是用土做成的？我們覺得這故事並不合理，但在泥水匠的心裡，你們讀了那麼多書，竟連這點「常識」都沒有，還有什麼值得尊敬的？

泥水匠的故事與《夜航船》上所記的博聞並沒什麼兩樣，難怪張岱說：「天下學問，唯夜航船中最難對付。」果不其然！

雅堂記茶

頃讀連橫（1878-1936）《雅堂筆記》，其中有〈茗談〉一文，讀之甚親切又趣。譬如論及臺灣人飲茶風氣，與中原乃至江南諸俗有異，他說：

臺人品茶，與中土異，而與漳、泉、潮相同。蓋臺多三州人，故嗜好相似。

漳、泉、潮州人飲茶習慣，本與其他地區不同，這是受所產之茶不同，與生活習慣差異的影響所致。連橫尤以北方人不善飲茶爲憾，他說：

茶之芳者，出於自然，薰之以花，便失本色。北京爲仕宦薈萃地，飲饌之精，爲世所重，而不知品茶。茶之佳者，且點以玫瑰、茉莉，非知味也。

這個批評很正確。北京人喝茶習慣與南方相去遠甚，北方人喜飲「花茶」即在茶中夾以花朵如玫瑰、茉莉者，名之爲「香片」，因爲花香會干擾茶的原味，所以是很不成熟的飲茶方式。北京人生活處處精緻，爲何獨飲茶不甚講究？這可能是因爲北方不產茶，古時運輸困難，新鮮的茶運到北方已不新鮮，必須藉花朵來「提香」，才形成這種飲茶的風氣。香片在北方爲銷售大宗，在南方則令人不屑，往往遭嗜茶人嗤之以鼻。北人喜以大碗飲茶，此亦爲行家所輕，飲茶的主要目的如僅在解渴，就很難比較精緻的飲茶文化了，連橫說：「北人食麥飫羊，非大壺巨盞不足以消其渴。」食麥飫羊，這也許只是大碗飲茶的原因之一。北京有極好的書肆畫坊，有豪華的劇場，唯獨欠缺有氣韻的茶樓，宣武門附近有座有名的「大碗茶」，又名「老舍茶館」，也不是眞正的飲茶之處，這座「大碗茶」是集合前清民初在天橋地區表演雜耍的一個戲園子，到裡面聽相聲、看雙簧表演可以，要喝茶，那省了吧，因爲香片之外，餘無供應矣。

以茶種而言，臺人所嗜亦與他處不同，連橫時代，臺俗最貴武夷茶，然而臺灣飲茶極喜將兩種以上茶混合沖泡，這一點，與現代臺人飲茶習慣亦不相侔。連橫曰：

> 武夷之茗，厥種數十，各以巖名。上者每斤一二十金，中亦五六金，三州之人嗜之，他處之茶不可飲也。
>
> 新茶清而無骨，舊茶濃而少芬，必新舊合拌，色味得宜，嗅之而香，啜之而甘，雖歷數時，芳留齒頰，方爲上品。
>
> 安溪之茶曰鐵觀音，亦稱上品。然性較寒冷，不可常飲。若合武夷泡之，可提其味。

文中屢提將新茶、舊茶摻拌，將武夷與鐵觀音合泡，這種飲法，以今天眼光看是十分奇怪的。今人飲茶講究原味，茶之原味，以純一為佳，不同茶種合泡，氣味相互干擾，反而不易分辨茶之好壞了。連橫又說：

烏龍為北臺名產，味極清芬，色又濃郁，巨壺大盞，和以白糖，可以祛暑，可以消積，而不可以入品。

今天臺人飲茶，莫不以烏龍為茶中極品，在連橫時代，卻說它不可以入品，可見不到一百年，民間好惡已有如此變化。有趣的是他說以大壺泡烏龍茶，和以白糖，用以祛暑消積，今人知之者必鮮。古人飲茶，有於茶中摻入其他食品或調味品者，這個風氣很早就有，譬如唐人喜於茶中加鹽，陸羽《茶經》就有記：

其沸，如魚目，微有聲，為一沸。緣邊如湧泉連珠，為二沸。騰波鼓浪，為三沸。已上水老，不可食也。初沸，則水合量，調之以鹽味。

如《茶經》所載，唐人飲茶，喜於煮水初沸時置鹽少許，然後以此沸水煎茶，據說更可提味。茶中放鹽、放糖，是否可以更好喝，或者可以之治病，也許各有所說，但與今天臺灣人飲茶習慣已相去甚遠了。

連橫死於一九三六年，這篇文章，大約寫在上個世紀的二〇到三〇年代，距離今天，也不過七、八十年前罷了。在臺灣這個地方，泡茶、飲茶的方式已有很大的改變，其餘的世事，豈不是改變更多嗎？

夜讀馬克白

寧靜的夏夜，遠處叢林傳來單調的鳥聲，聲音是「地．地──」兩個音節，像大鐘鐘擺一樣，大約六秒鳴叫一次，一點都不差，彷彿提醒人什麼，又彷彿要人忘記，此時，我正展讀《馬克白》。

馬克白（Macbeth）是莎士比亞戲劇裡的一個人物，同時他也是歷史上眞實存在過的人物，只是在歷史上他的重要性並不那麼高，是莎士比亞將他放在戲劇中，做一個筆下的悲劇人物，文學上、戲劇上討論他的就多了起來，到了後來，稍稍涉獵英國文學的人，幾乎沒有人不知道世上曾經有個名叫馬克白的人了。

馬克白在十一世紀的時候，曾經篡位擔任蘇格蘭國王達十七年之久，後來政權又被復仇的王子奪了回去，這是「正史」上的記錄，戲劇中的馬克白比歷史的更充滿了鬥爭的張力。馬克白原是蘇格蘭王身邊的一員猛將，無堅不摧、無敵不克的，有一次凱旋班師，在路上聽了三個巫婆的預言，巫婆說馬克白會被冊封兩次，成爲有名有姓的男爵，而且最後會成爲蘇格蘭的國王。馬克白在回到自己的堡邸之前，就接到音訊說國王已封了他男爵，不久又傳來消息，說國王爲嘉許他的軍功，又封了另個男爵的名號給他，短短期間內，巫婆的預言已實現了兩個，馬克白強烈感到第三個預言也會實現，內心爲之緊張又雀躍起來。

國王爲了獎賞他的功勞，決定帶著隨從親訪馬克白，馬克白設下圈套，乘國王與隨從在華宴中醉倒，親手殺了國王，然後嫁禍隨從，第二天又把被嫁禍的隨從全殺了，只有跟來的兩個王子，一個逃到愛爾蘭，一個逃到英格蘭。馬克白就「順理成章」的接掌蘇格蘭王權，但由於來路不正，天天擔心有人來搗蛋，後來弄到夜不成眠，幾乎處處是風聲鶴唳、草木皆兵的味道。

這時的馬克白又相信一個男覡的話，男覡告訴他不用怕，除非城堡外的森林移動了，他的事業才會被毀滅，除非世上有不是女人所生的人，才會要了他的性命，而森林是不會移動的，世上所有的人也無不是女人所生，因此馬克白可以安坐王位，無人可以奈何得了他的。馬克白四周無人可以支撐自己，便只有堅信男覡的話。

不幸巫婆與男覡所說的話都是眞的，而馬克白卻墮入更深的泥淖。逃出的王子在英格蘭派軍支援之下，終於兵臨城下，王子在進逼城堡的時候，叫士兵砍下樹枝僞裝，整個部隊帶著樹枝前進，就等於森林移動了。最後與馬克白決鬥的是一個名叫馬克杜夫（Macduff）的人，他是馬克白的仇家之後。馬克杜夫的母親在生他的時候難產，由醫生將他剖腹取出，所以用當時的說法，他不是由女人「生」出來的人，馬克杜夫最後將馬克白殺死，並割下他的首級，向眾人顯示舊仇已復，戲劇也就結束了。

馬克白的悲劇不在於欲望的作祟，而是當他身陷人欲場合時，總有道德來糾葛。他貪婪、陰狠又手段毒辣，他將原本親如手足的朋友部將盡數殺害，一點都不留情面，但在夜晚，他脆弱的道德感又會浮現，他覺得自己錯了，恐懼、羞愧隨之俱來，他被那些痛苦折騰得不成人形。莎翁《馬克白》劇中第三幕有段馬克白與其夫人的對話，馬克白說：

我們日日在恐懼裡／進餐，夜夜在淒苦中睡眠，噩夢／連連惴慄慄，倒不如看天崩地陷，／上界共人間都遭難。與其給綁上／逼供台，躺在五心煩躁裡奮激，／何如與死者去爲伴，……（用孫大雨中譯）

馬克白在「得志」之後覺得生不如死，要他拋棄已得的權位也做不到，他是個兩處都搭不上邊的人，這就是稱他爲悲劇的理由。死亡並不是悲劇，痛苦也不是，所有悲劇裡的人物都是流離的、飄盪的，他時時在犯罪，但心中也有微弱的正義的火種，不幸那火種總是燃燒不起來，無法阻止犯罪，卻只會拿來嘲諷、刺傷自己。悲劇裡的人物，都徬徨徘徊，好壞全不徹底，莎士比亞的悲劇主角，馬克白、李爾王、哈姆雷特或奧泰羅，都是那個味道。

諧音之趣

年節時流行的吉祥話，很多是與諧音有關，這一點深合中國語言特色，中國語言的結構基礎是字，而字是一字一音的單音節，同音字很多，寫出來很清楚，但說話的時候就會造成一些混淆，有些混淆是充滿喜感的，就成了語意綿長的吉祥話了。譬如老先生老太太過壽，最忌送鐘，因爲鐘與終同音。送一幅國畫很適宜，但得看畫的是什麼才決定，「松柏長青」很好，「龜算鶴齡」更佳，如畫上一隻花貓一隻蝴蝶就更好了，因爲貓與耄、蝶與耋同音，「壽臻耄耋」是多麼含意飽滿的祝福話呢！

冠可讀成去聲，也可讀成平聲，讀成平聲，與「官」同音，中國人是成天祝賀人家升官發財的，就知道傳統爲什麼那麼注重男子的「冠禮」了，好像男孩一成年戴上帽子，就有大官可做啦！中國人一碰上戴帽子的事，只要帽子顏色不是綠色，總是喜洋洋的，這一點外國人老是猜不透。

中國傳統是農業社會，農家最注重的是衣食豐足，每年收成的糧食不但夠吃，還要吃不完，最好弄到「米爛陳倉」。所以在農家，「剩餘」是豐足的代表，能夠吃了有剩，而且剩下很多就是好兆頭，俗語說：「小富由儉，大富由命」，命是人所無法控制的，而節儉倒容易做到，因此節餘、剩餘就成了富足的象徵。由於「餘」這字與「魚」同音，使得魚成了一種極爲吉祥的東西。年畫中總少不了胖娃娃抱著鯉魚的畫面，據說鯉魚跳過龍門就變成龍，「鯉躍龍門」便成了最高期許的祝詞。孟子又說：「魚與熊掌，不可得兼。」馮諼客孟嘗，歌曰：「長鋏歸來乎，食無魚！」又視魚爲珍饈，除夕團圓，餐桌必備魚鮮，而且必須是整條魚，不能切斷，以表首尾如一、有吃有餘的意思。這條魚不管做得多好吃，主人客人卻不會動筷子的，原因是要把這條魚「剩餘」到明天新年才吃，如此「餘」字就有平方、立方之後的功效。

大陸過年習俗喜於菜櫥米缸上貼寫著「年年有餘」字樣的紅紙，但本省卻無此習。本省人喜歡在碗櫥食櫃貼上一「春」字，有時還把字貼倒了，取其意爲「春到了」，也是諧音的原理。臺灣貼「春」與大陸貼「餘」的道理完全一樣，因爲閩南語把「剩下」的剩字念成國語的「春」字，這是讀音不同，用字亦不同的實例。

很早之前在清人筆記中看見一則笑話，書名是什麼已忘了，內容還記得。笑話是說紀曉嵐在擔任禮部侍郎的時候與友人飲酒作樂，同席的友人有二，一人是尙書，一人是御史，都算是大官了。酒食之間突然傳來一陣狗叫，狗本屬狼科，習性也與狼相似，叫聲亦甚彷彿，那位御史隨即高聲問道：「是狼、是狗？」這句問話一語雙關，表面問叫聲是狼是狗？而其是是在罵「侍郎」是狗。那位尙書高興極了，連說問得好、問得好！紀曉嵐故作不知的說：「要分辨狼與狗的最好方法是看它的尾巴，下垂的是狼，而上豎（尚書）必是狗！」這回高興的是那位御史了，他大聲說：「說得對、說得對！」而紀曉嵐繼續說：「除了尾巴之外，從食物也可以分辨。要知道狼呢，是非肉不吃的，而狗呢，它是遇肉吃肉，遇屎（御史）吃屎！」

完全是由諧音形成的故事，可能只是個笑話，不見眞有其事。故事中的紀曉嵐是個學問很好的學者，他在清代中葉以總裁《四庫全書》著名，私底下卻是個不拒笑謔的人物，其《閱微草堂筆記》多記荒唐不經事，通儒有正經一面，也有輕鬆一面，不可一概而論。

有年暑假，我與幾位友人到廣西玉林訪問。我們乘飛機到澳門，經珠海乘兩輛小型巴士到玉林。在珠海與高要之間有一地方名叫江門，我們乘坐的車竟然在江門這裡繞來繞去，總是找不到正確的路，另一部車早出了城，正在城外的公路上等著我們，我們車的司機不斷用手機與對方連絡，他的話令我們想笑，又有一點尷尬，因爲他說：「你們早出了肛門了啊！我們都還在肛門裡面，就是出不了肛門呀！」廣東話是把江門讀成肛門的，這是我們第一次被諧音弄到哭笑不得的例子。

快活人生

袁中郎在〈與龔惟長先生書〉中寫出他嚮往的快活人生，包括了的五種「眞樂」。稱爲「眞樂」，表示所揭示的是眞實的快樂，絕不是不實在的、虛假的快樂，因此其中沒有成爲帝王將相的期盼，也沒有自鳴清高的英雄行徑，更沒有裝腔作態的虛僞姿態，帝王將相與英雄，不是一般人做得到，做到了也不見得快樂，眞樂是能享受的，所以是比較普通的，比較接近物質層面的。能吃到喝到觸摸到的東西，才是最低限度的眞實，所以他的第一個快活便是：

目極世間之色、耳極世間之聲、身極世間之鮮、口極世間之談。

第二個快活是：

堂前列鼎，堂後度曲，賓客滿席，男女交舄，燭氣薰天，珠翠委地。

這兩個快活，其實是停留在感官物欲的層次。第三個快活，便放在文化方面了，他希望宅畔另置一館，館中有司馬遷、羅貫中、關漢卿之類的人物：

分曹部署，名成一書，遠文唐宋酸儒之陋，近完一代未竟之篇。

第四個快活，則放在恣意揮灑方面，他打算：

千金買一舟，舟中置鼓吹一部，妓妾數人，遊閑數人，浮家泛宅，不知老之將至。

當然這其中也有放縱物欲的一面。假如快活即此四端，則中郎雖以氣象自雄，而終不免爲瑣屑之人，他的快活，也只不過是豪奢任誕罷了。所以第五個快活，才是此文的精髓所在。中郎估量要享受到以上四種快活，必定所費不貲，他說：「人生受用至此，不及十年，家資田地蕩盡矣。」然而就因如此，第五項快活才能眞正展開，他說：

然後一身狼狽，朝不謀夕，托缽歌妓之院，分餐孤老之盤，往來鄉親，恬不知恥，五快活也。

俛仰一世，飽盡炎涼，此時無物可恃，無欲可逞，天高雲散，水落崖枯，唯一體會者，爲大塊噫氣而已，這才是眞瀟灑，這才是眞快活！

晚明文人強調個性，喜標性靈，其優點在言人所未言，其缺點則在露才炫奇，語不驚人死不休。但中郎此文，不可僅從炫奇看，他的第五個快活，其可深省處有二：

其一，世事萬物，必須比較陪襯方見其存在。一世豪華，如不是以悲涼收場，則豪華無可依戀，亦不知珍惜。快活總在頓失之後才體會出。

其二，悲涼除了陪襯豪奢之外，本身也有一種美感，是一種可欣賞之物。欣賞自己的悲涼，須要有超拔的生命態度，因爲自己的悲涼是眾生悲涼的一部分，而眾生的悲涼，又是眾生生命的一部分，我們愛惜欣賞眾生，便不能捨棄悲涼，中郎說：「往來鄉親，恬不知恥」表面看來有點玩世不恭，而其實是有點像保持適當的距離，對人生作一番美學式的審查。張岱在國破家亡後隱居山中三十年，他在《陶庵夢憶》中說：

三十年來，杜門謝客，客亦漸辭老人去。間策杖入市，人有不識其姓氏者，老人輒自喜。

人到別人不識其名姓時不但不怨，反而自喜，證明他的生命已進入另一個境界，而對生命剔透了悟後的眞快活，亦隨之而來。

美國夢

每個與我年紀相仿的人，似乎都對美國產生過夢想。這個夢想不見得是想到美國去居住，或是擁有綠卡，更甚的是變成美國公民，而是對美國這個地大物博、代表科學新知與民主理念的新領域，具有一種期待、一種憧憬。怎麼說呢，大約從十九世紀末以來，美國就是中國法治、民主、科學的典範，五四一代的人，一想到「德先生」、「賽先生」，腦中幾乎都是美國人的影子，更不用說二次大戰，美國一躍而為同盟國的頭頭，戰後歐亞百事蕭條，美援處處，美國又成了富裕又樂善好施的代表，主持聯合國，又成了集正義與權柄於一身的世界領袖，冷戰時與蘇聯共產集團抗衡，四十年後，「西風壓倒東風」，蘇聯集團瓦解，代表西方的美國，便成了世界希望唯一所繫之處。

其實我們對美國的印象，有許多不實之處，主要的原因，是我們對美國的印象，大部分是拜好萊塢電影之賜。最早的西部開拓史，白人與紅番搏鬥，電影將可憐的印地安人描寫成邪惡與醜陋的人，騎兵隊用先進的武器屠殺他們，在電影中卻都成了人人稱快的故事，後來警匪槍戰的影片，結局總是土匪伏法，正義得以伸張。韓戰、越戰電影，呼嘯而過震耳欲聾的戰鬥機，投下燦爛轟烈的燃燒彈，雖然在底下奔跑最後慘死的是跟你我一樣的黃臉孔亞洲人，但晶亮金屬製造的殺人武器，身歷聲的特殊音響，令人氣奪神移，我們屏氣凝神，在黑暗的電影院裡，任影片引領我們恣縱心底深處最醜惡的殺欲，都忘了在美國飛行員眼中，你我都是他們無法分辨的與殺戮對象完全形似的人。

上世紀六〇年代末期，越戰方酣，美國一個搖滾歌手鮑伯·狄倫（Bob Dylan）寫了一首名叫〈殺人執照〉（*License to kill*）的歌，其中有詞曰：

他恐懼又疑惑
腦袋瓜給整得迷迷糊糊
他只相信自己的眼睛
而他眼睛卻對他說謊

當自己的眼睛也對自己說謊的時候，還要相信什麼人、相信什麼事呢？我們的美國夢，結局跟狄倫歌中說的沒什麼不同。親眼目見的事情，不見得是眞的，這是拍電影的人都知道的，電影中的血是番茄醬，電影中的驚悚離奇，都是聲光造成的幻影，包括傷感流淚的愛情，也都是由「夢工廠」（好萊塢就有一個名叫 DreamWorks 的電影公司）製造出來的，夢，大量的，被壓縮成罐頭一般的，放在貨物架上，任人各取所需的選購。當虛幻如夢境，都可以刻意的製造，世上還有什麼是眞的？

戳破夢想氣球的人，通常是製造氣球的人。德國當代導演，也是著名的電影理論家溫德斯（Wim Wenders）把他在美國待了七年的體驗，寫成一首長詩，題目就叫〈美國夢〉。在詩裡，他把那種眞僞相參、價值錯亂的情況，作了深入的描述，以一個導演而言，這類事原不足爲奇，但溫德斯不習慣的是生活中的一般事務，並不是電影中的驚人故事。譬如在美國公路上，經常可以看到一種載有家居設備的大型汽車，美國人把它稱作「移動的家」（Mobile Home），溫德斯寫道：

在德文裡／一個家之所以爲家／是因爲它有個固定之所。／我們不僅缺乏／這種矛盾語意的表達翻譯／我們甚至就沒有這種東西。

在美國高速公路開車，你一不小心，就可能被一個「家」超越。這類的例子實在太多了，使得溫德斯的頭腦幾乎被徹底顚覆，他在詩中寫著：

我想得越多
我就知道得越少。

他把這個經驗，稱作「失落」，「失落」的對象，不僅是美國，也是自己。後來他在卡夫卡的名作《美國》（*Amerika*）中找到了證據，據說卡夫卡的《美國》原來的書名即是《失落之物》，他說再沒有一個比「失落」的詞語，更適合來形容美國夢了。

標榜正義，提供民主與自由的理想，這使得我們這一輩的人，多少都作過好一些不實的美國夢。經歷了歲月，看到事實，終於知道其中許多虛幻，而虛幻又是被刻意製造出來，就如同是好萊塢的電影一般，當然其中也有因爲自己浪漫而造成的錯覺。夢醒容易，就像電影散場，走出電影院一樣，但對正義，對民主與自由的信念也跟著失落了，這種感覺，恐怕比在高速公路看到「家」在飛奔的那種錯亂，可能更爲嚴重吧。

飛行的荷蘭人

當然，華格納歌劇 *Der Fliegende Holländer* 應該翻譯成「飄泊的荷蘭人」才對，因爲歌劇寫的是一個荷蘭船長在海中飄泊的故事。華格納根據的是德國詩人海涅一篇散文裡引述的一個北歐傳說，傳說有個荷蘭人船長，受魔鬼詛咒，永世在海上飄泊，不得登岸，亦不會死亡，西方神話中有許多像這樣沒希望（hopeless）與永無終止（endless）的情節，譬如普羅米修斯（Prometheus）與薛西弗斯（Sisyphis）故事均是如此。但荷蘭人的傳說有一例外，就是魔鬼准許他七年泊岸一次，如果在泊岸的時刻內，遇到一場眞正的愛情，他就可以解脫這個詛咒，這個解脫便是他能享受眞正的安寧——死亡。有一次他泊岸挪威海灣，竟然與一船長的女兒森塔（Senta）墜入情網，他們的愛情一經證實，他便會死去，這對森塔而言，無疑是個打擊，所以荷蘭人便連夜出航，不願使森塔絕望。森塔知道他出航後，痛苦的從懸崖跳入海中自盡。故事的結局是，這場愛情已經證明，荷蘭人的船漸沉海底，荷蘭人得到他渴望的死，而森塔也死了，他們的靈魂相擁，從海底漸漸升起，愛情帶來死亡，死亡帶來解脫和自由。

英文將此劇譯作 *The Flying Dutchman*，不論德文的 Fliegende 或英文的 Flying 都同兼有飛行與飄泊的意思。當然華格納的歌劇，用的是「飄泊」之含意，以前中文譯成「飛行的荷蘭人」，是錯譯了。

我多次到歐洲，經常搭乘荷蘭皇家航空 KLM 的班機。搭乘荷航沒有什麼特殊原因，而是荷航是歐洲最早與臺灣之間有直航班機的航空公司，搭乘其他公司班機，往往需要在其他地點換乘，所以荷航就占有優勢。另外荷航的「母港」是阿姆斯特丹，該地是歐洲最大的航空運輸中心，從那兒轉至任何一地，都比其他地點方便。有一次我從臺灣搭機到阿姆斯特丹，清晨天剛亮，飛機著陸，我在有些睡意中下機，經過飛機機首，發現在飛機駕駛座的下方，有黑漆赫然噴上 Flying Dutchman 一行字，原來我乘坐的這班飛機，就叫做「飛行的荷蘭人號」，突然脊骨一涼，眞要命呀，多麼凶惡的故事，故事中的男女主角和一船的人都死了，荷蘭人怎麼把這個班機取如此不吉利的名字呢？

後來才知道，荷航所有的飛機，不論大小都在機首噴上這兩個字：「飛行的荷蘭人」，荷蘭航空，豈不是荷蘭人在飛行嗎？再貼切也不過了，但對我們中國人而言，這個名字容易令人想到極壞的下場，以此命名，還是不宜的。

這就涉及到中國人與西方人對死亡的看法。生死在中國人而言，是無比的大事，《蘭亭集序》曰：「修短隨化，終期於盡，古人云：死生亦大矣，豈不痛哉！」魏晉文士，對人生常有比較一般人更爲豁達的認識，但碰到死亡，仍具有一種不能喻之於懷的傷痛，在傷痛的情緒之下，便認爲莊子齊物論式的達觀，也可能是做作出來的，所謂「固知一死生爲虛誕，齊彭殤爲妄作」。死亡是生命的大限，是任誰都無法超越的極致。

中國人在日常生活中充分表現這種恐懼與憂慮。譬如忌諱談死，以至與死同音或音近的字都認爲不祥，避之如恐不及，甚至數字中的「四」字，也盡量不予使用，大旅館、大醫院中沒有四樓，乃至我們汽機車車牌上，凡是結尾是四的都不使之出現，這使得我們自願降低我們在世界上的競爭力，全世界都採用十進位，而我們用的是九進位，在「記憶庫」中，我們浪費了別人十分之一的空間，當然會造成損失與不便，但我們在所不惜，這是源於我們對死亡的憂懼。

西方人對此，確實比我們通達許多，他們比較不忌諱談論有關死亡的事情，所有偉大與卑瑣的故事，豈不是都以死亡爲結束嗎？死既不可避免，不如接納它。何況，在所有的宗教中，死亡並不是眞正的結束，沒有死亡，那怎麼會有「復活」呢？下次你如搭乘荷航，看到機上「飛行的荷蘭人」字樣，請千萬不要介意才好。

世界的新希望

在書架的後層角落，有時藏著驚喜與回憶，也許在翻一本舊書的時候，裡面掉出一張分別已久的朋友的字條，提起一個早已忘掉的往事。其中也有傷感，一本破書的主人已經過世，而他端正的簽字還留在封面裡，這本書爲什麼在我這裡呢？個中緣由，早已想不起來了，而這本書與書上的名字，讓你覺得人生不可捉摸，有些時候，人生確實像是一場夢境。

一個下雨的晚上，我找出一本名叫《世界的新希望》的書，這本書是我三十年前看的。書已發黃，裡頭的道林紙也變脆了，翻動都得十分小心，一不小心，就可能弄碎了。尤其糟的是，當年的平裝書都是由鐵絲穿釘的，鐵絲久了就鏽了，書就容易在書脊的部分折斷，書頁就更易脫落，有時候會弄得狼狽不堪。三十年前還沒有電腦，全書由「手民」排版，其中偶有誤植，有時把鉛字排反了，當然會造成閱讀的困擾，然而現在看來，一邊讀書，一邊爲書校刊，也是一件稀奇又有趣的事。

這本書是英國哲學家羅素（Bertrand Russell）所寫的，英文原名是 *New Hope for A Changing World*，英文的 changing world 是指變動中的世界，變動、變異是世界的常態，所以譯成「世界的新希望」並沒有不對，反而渾成有力。羅素寫這本書的時候，二次大戰剛結束不久，舊的秩序崩潰，新的秩序已逐漸形成，世界當然在「變異」之中。他認爲人類在經過了大戰的生死之痛，理應從愚昧迷信中甦醒過來，他力主組織世界政府，強力干預有侵略野心的國家與政權，他又主張提高教育、提升科學研究，把人類從蒙昧無知與饑饉之中拯救出來。他認爲的那個「世界政府」，應該著眼整體人類而非一邦一國，這個政府首先應謀求全體人類過經濟上無匱乏的生活，簡言之，就是先讓人吃飽了飯，然後才勸人爲善，他說：

以我看來，善的生活是幸福的生活。我不是說如果你行善你就會幸福，我的意思是說，如果你幸福，你就會爲善。

基督教及許多道德家勸人爲善，認爲爲善是得到幸福的手段，羅素卻反果爲因的倒過來講，他認爲人類在幸福之後，才有能力也才有機會爲善。這句話裡面藏有大道理，人在顛沛流離、衣食無著的狀態下，要求他「死守善道」，其實是奢望，孟子曾說：「無恆產而有恆心者，唯士唯能。若民則無恆產，因無恆心。」孟子認爲三餐不繼而能一心向道，只有「士」才能做到，一般老百姓，是斷斷無法做到的。因爲做不到，所以一個有爲的政府，就應該先照顧人民的生活，讓他們至少做到：「仰足以事父母，俯足以畜妻子，樂歲終身飽，凶年免於死亡。」羅素的道德理想，不放言高論，他的政治思想，很切實際，他可能沒有讀過《孟子》，而說法多與孟子暗合，羅素因這本書獲得一九五〇年諾貝爾文學獎，足證中國兩千餘年前政治思想氣格之高、見解之深。

羅素見識敏銳，對世俗的判斷極爲準確，再加上他的文字警策，以一個哲學家得文學獎，確實有他獨到之處。如書中有下面一段話：

在我們這時代最令人痛心的一件事，就是那些覺得有信心的人都愚昧無知，而那些有想像和理解力的人都猶豫不決。

他說的是他所置身的時代，有見識的都猶豫不決，有信心的又愚昧無知，其實，在我們的時代，我們的社會，何嘗不依然如此？

世界的新希望在哪裡？我們勢必要提高知識，讓世界沒有或者減少愚蠢的人，然後要加強道德意識，讓有見識的人勇敢，有膽量說出自己的看法，而且將自己奉獻給社會。兩次大戰都因國家意識太過強烈而發生，羅素對國家向無好感，對極權國家更深惡痛絕，他是一個徹底的自由主義者，他說：「國家於我們只是一種方便，而非崇拜的對象。」自由主義與個人意識，是瓦解獨裁政權的唯一希望。說起來奇怪，每次看到這一段文字，我就想起孟子的那句話來，孟子說：「自反而縮，雖千萬人吾往矣！」

烏托邦

一個人對未來世界充滿了美麗又動人的想像，而那美麗又動人的想像，是從人類歷史累積的經驗與理想形成，所以稱它是理想，而不稱它是幻想，不完全是天馬行空式的，這叫烏托邦（Utopia）。

創造這名詞的，是英國十五、十六世紀之交的哲學家、宗教家及文學家托馬斯·摩爾（Thomas More,1478-1535）。摩爾在世的時候反對英國國教，反對英國國君爲國教首牧，拒發忠君誓，因而觸怒當時的國君亨利八世，訴訟經年，始終不屈，最後被處死。摩爾是信仰堅定又遵守原則的人，他被處死之前，曾是亨利八世的「掌璽大臣」，又是國王在國會的代理發言人，位極人臣，大受尊寵，後來因原則而反對國王，他死守善道，所以特別令人尊敬。《烏托邦》是摩爾寫的一本書的書名，裡面敘述他對未來世界的種種理想，所以這本書又一度被譯作《理想國》。「烏托邦」也是那個理想國的名字，摩爾認爲在烏托邦國中的「烏托邦人」（Utopian）都具有「理性」

（reason）以指引他們的行爲，他們相信，除非得自上天更神聖的啓示，人的理性就是他們生活行止的最高原則。

然而摩爾出身宗教，他相信在人的世界之上，還有神的世界，理性雖然是人的生活原則，但宗教超越人的生活，人的理性不能跨越它的範疇到宗教的領域。他在書中曾說有一刻苦的修會，若這修會中的人以理性作行爲的準則，「烏托邦人」便會譏笑他們，若是他們以宗教作爲行爲準則，烏托邦人便尊敬他們，認爲他們是神聖的。

從今天人類思想解放的程度來看摩爾，他在那個時代就是追求超越，也有他們無法超越的鴻溝，這就是所謂的時代的困局吧！儘管在摩爾的時代，文藝復興在歐洲進行了大約一百年了，人文主義的浪潮席捲一切，但「先進」如摩爾者，依然被宗教意識涵蓋住最緊要的部分，他提倡理性仍然是有限度的，人的理智雖然覺醒了，但終不敢上帝，歐洲人站起來否定上帝，是十九世紀之後的事。

每個時代，都有它的烏托邦，但這些烏托邦的內容與形式，都可能不同，然而每個人提出未來理想時，都對理想寄以厚望，認爲那是最完美的、是人類在人間最高貴的樂土。直到二十世紀的一九三二年，英國作家阿道斯．赫胥黎（Aldous Huxley,1894-1963）的小說《美麗新世界》（*Brave New World*）出版，「烏托邦」的傳統詞意被徹底顛覆了，赫胥黎的未來世界，是人類迄今最大的夢魘，文藝復興以來被高唱入雲的「人的覺醒」原來是一場春夢，在赫胥黎的「美麗」世界裡，人依他的物類特性來決定他的地位與生活，人不但被徹底的物化，所謂理性與神性，也同時消失得無影無蹤。

在「新世界」裡，人不再是父母所生，而是由人類製造工廠所「生產」，精子卵子在受孕前已經由機器選擇分類，胚胎先在試管後在瓶中依序成長，最後在「出廠」的時候，被分成五大階級，最高者是新世界的統治者，最下者是只曉得在地道裡挖掘不休的礦工。高等人類沒有婚姻但可以有性生活，然而不能有固定伴侶，低等人類既沒婚姻也沒有性生活，他們只要服用一種叫Soma的迷幻藥，一切快樂（包括性）都可以在幻覺中享受殆盡。「新世界」的人在最高的制約之下，包括高低階層之間的命令與服從，所有的社會秩序，都按部就班的在軌道中，沒有任何的失誤，就像輪帶生產的工廠，一切都掌控得恰到好處。

在赫胥黎的新世界，人類放棄了他長久以來追求的智慧與理性，寧願受制於人甚至受制於藥物與輪帶，讓自己在世界上被徹底的類比與物化。這當然是受二十世紀科學主義的影響，人類創造機器，原是讓機器服務人類，但想不到人類常常被自己創造的機器所奴役。赫胥黎在兩次世界大戰之際，大膽的提出他對人類前程的預言，他的「美麗」世界絕不美麗，而豐富其實是貧瘠，高明其實是卑瑣，強大其實是衰弱得無以復加，……他的預言，會是眞的，或者已然是眞的了呢？在我們的時代，其實已經見證過很大一部分了。

新世界

五、六年前，當二十世紀即將結束，二十一世紀即將開始的那個「關鍵」年代，一切似乎都太如常了，人們對當下與未來，好像沒有什麼太高的想像，這一次的世紀之交，是在沉寂的、灰濛濛的氣氛下度過。這也有道理，在前面的二十到三十年，科學上，已沒有什麼太新的發現，哲學也沒有什麼新建樹，哲學家把所有的工作，放在詮釋、分析以往的哲學作品上，忘了要開展或者根本開展不出什麼新的思想領域。文學似乎也走入困境，新詩不再新，舊詩又忘了該如何寫，小說不論如何「實驗」、如何「後設」，都還不是那一套？好萊塢的電影席捲世界，節奏明快，故事千變萬化，令人亢奮緊張，但緊張久了，就變得疲乏。政治上呢，狂飆的民族運動已經冷卻，民族自決的口號已經過時，雖然還有些人不死心的在喊民主、人權，大多數人並不在乎。鐵幕已倒，當原來的共產黨員一個個穿金戴銀，比起歷史上任何一個資本主義者更強調財富，一個個拿著大把鈔票去搶購 LV 皮包的時候，理想主義的口號叫得再大聲，也沒有人聽它。總而言之，這一次的世紀交會，是在一個冷靜的、沉悶的，沒有風華的甚至連憂傷都欠缺的、如同海明威所寫的《失落的一代》（*The Lost Generation*）的氣氛下過去的。

一百年前的世界，不是這個樣子的。一八九三年，來自捷克波希米亞的作曲家德弗乍克（Antonin Dvorak,1841-1904）第一次抵達美國，擔任紐約的民族音樂學院院長，他對美國的印象極好，特別寫了首題名爲「新世界」的交響曲（*From the New World*），來記錄他對新世界的觀察與期許。德弗乍克的新世界，指的是美國，以歐洲人的眼光看，那是人類最近發現的新大陸，上面充滿了新奇，是人類對舊世界（尤指歐洲）厭倦後的唯一希望之所繫。德弗乍克眼中的美國，偉大、富饒之外，到處充滿藝術的啓示，歐洲人對陌生國度的憧憬，正代表他們對即將展開的新世紀，也充滿浪漫的幻想。而幻想的內容，都是既燦爛又美好的。

當然，十九、二十世紀之交，歐洲與北美的文明發展也確實提供了人們對未來無限憧憬的理由。藝術上，後期印象派的大師梵谷剛死，塞尚、高更、莫內、雷諾瓦都還活著。而且在剛進入二十世紀的時候，是他們創作的頂峰，啓發了二十世紀藝術朝前發展的無限可能。音樂上面，除了上面說的德弗乍克之外，布拉姆斯與柴可夫斯基沒有活到二十世紀，但馬勒（Gustav Mahler,1860-1911）、普契尼（1858-1924）、理查・史特勞斯（Richard Strauss,1864-1949）都還在當時引領風騷。不過不論藝術、音樂與文學，浪漫派的狂飆運動在世紀之交時不但沒停止，還醞釀著巨大變化的可能。藝術上的表現主義、立體主義以及超現實主義，都在時序初進入二十世紀時就紛紛開始了活動。而音樂家與馬勒同時的，還有印象派的德步西（Claudio Debussy,1862-1918）、拉威爾（Maurice Ravel,1875-1937），主張無調性的荀白克（Arnold Schoenberg,1874-1951）都正先後張開主流之外的異幟，與傳統挑戰了。

上一個世紀之交，俄國文學家杜斯妥也夫斯基（1821-1881）剛死，托爾斯泰（1828-1910）還活著。他在文學上的人道主義不但影響到文學藝術的活動，甚至在哲學及政治上，都引發了人道關懷及社會主義發展。俄國在一九一七年的列寧革命，也是其作用之一，對俄國、對世界是福是禍，也許不能一概而論，但可以證明二十世紀初葉，確實是風起雲湧的時代。這些還僅停留在文學、藝術上而言，在神學上、哲學上，那時世紀之交的成就更多。在政治上，民族與民主意識覺醒，那是個大醞釀的時代，終於到一九一八年第一次大戰結束，民族國家紛紛獨立，世界秩序因而大大改變。

在中國，那也是很不凡的時代，光看人物吧，上個世紀之交有多少響噹噹的人物？有康有爲、孫文、嚴復、章太炎、梁啓超、王國維、陳獨秀、胡適、魯迅……，似乎數也數不完，有正派，也有不是那麼正派，但無傷也，一時之間，雲蒸霞蔚，風雷大動，那個新世界、新世紀，充滿了不可知卻引人一探究竟的動力，序幕已拉起，燈光已架好，舞台上隨時準備上演一場奪魂的劇目，那是上個世紀初的豪奢景象。

相對一百年前的種種，我們這批後人卻顯得多麼無精打采，你對已經展開的新世界有什麼希望嗎？現在問這問題都顯得多餘，不如定下心來，聽聽德弗乍克那首充滿懷鄉情緒又意志昂揚的交響曲吧！

再訪

阿道斯．赫胥黎在出版《美麗新世界》的二十七年之後，也就是在一九五九年又出版了本名叫《再訪美麗新世界》（*Brave New World Revisited*）的書，在這本書裡，他回憶他在第一本書裡對未來世界的預言，有哪些是杞人憂天，有哪些看起來是真的，正一步步的在我們世界實現。

赫胥黎在《美麗新世界》裡描繪的烏托邦，是距離他寫作六百餘年之後的世界。故事裡以福特（Ford）代替上帝（Lord），紀年也將西方習慣的「主後」（A.D.）改成「福特後」（After Ford; A.F.），以紀念亨利福特在一九一三年將福特的T型汽車的生產方式改成輪帶生產，從此產量大增，但工人成了裝配線上的一台機器，經年累月做著相同的動作，人從工廠改採輪帶生產後，就被徹底的「物化」了。

所謂「新世界」，是一個人性已消失的純粹物化的世界，唯一不同的是，物是沒有意識的，而新世界的人還有意識，不過不是個人意識，而是集體意識。人被定格成機械式的物種，因集體而形成動力。

這個預言並非是空穴來風，而是基於現實的反映。二十世紀之後，科學空前發展，問題不在科學的發現改變了人的生活，而是科學形成一種觀念，這種觀念凌駕在一切觀念之上，成爲所有觀念之母，科學無所不能，它上天下地，它可以救國救民，它是登苦難黔黎於彼岸的唯一途徑。

另外，集體意識也空前暴漲。幾世紀以來，人類追求自由、追求獨立的努力，在集體意識不斷鼓吹之下又式微下去。人人自動捐棄了自我，寧願成爲集體世界的一枚細小的螺絲釘，他的身分與命運完全由國家或者科學程式所決定，包括性欲的方式與生命的長度，都早已被設計好，沒有一個人可以例外。

赫胥黎在一九三二年發表了的這個烏托邦式的預言，確實是充滿了哀傷與悲觀的情調的。到一九五九年，他第二本書發表的時刻，世界在這二十七年間，又經歷了一場比前一次更慘烈的大戰，人類第一次運用了足以讓全體人類都消滅的核子武器。在其間，一個狂暴的、由集體意識形成的帝國納粹倒了下去，取而代之的是另一個更爲龐大的、有席捲世界之勢的集體帝國，那就是共產國際。物化與集體之勢強到無以復加，在其下，人性更爲汩沒、人格更被壓縮，從一九五九年看世界，是不是還有任何一點希望呢？

這時的赫胥黎，據說讀了許多有關東方的書籍，尤其有關神祕宗教與啓示的古代文獻，他的思想比起二十七年前有所改變，雖然在寫《再訪》時，世局比以前變得更爲複雜與險惡，但他似乎重燃了些許的希望。他在書的最後一章特別標出了自由，人必須具有自由的意識，並且化爲行動，才能促使自己從奴役中救贖出來，他在文的最後說：

今日許多年輕人似乎不看重自由，但是，我們之中的某部分人仍堅信，沒有自由，人類是無法展現其人性的。因此，自由還是具有最高的價值。目前威脅自由的力量太大了，我們無法長久抗拒它，但無論如何，我們仍有責任盡其所能的抗拒！

這一點信念，使得赫胥黎在整體是悲觀的氣氛中存有一些樂觀。二十世紀之後的人，應該揚棄從托馬斯．摩爾以來對「烏托邦」的追求，烏托邦雖然不等同於幻想，但其實是建築在人以完美爲可能的這一觀念上。在烏托邦裡面，人把歷史上的錯誤修正到無任何錯誤，人在塑造完美的時候，往往不小心的把自由賠了進去，因爲，自由並不完美。所以赫胥黎認爲，要從烏托邦的陰影走出來，人必須揚棄完美，放棄以完美爲可能。他在扉頁引述另一位作家名叫 Nicolas Berdiaeff 的話，說：「越少的完美，就越多的自由。」（Moins 'parfaite' et plus libre.）

「越少的完美，就越多的自由！」讓我們三復斯言。

自由與平等

自由與平等這兩個名詞看起來簡單，而其實卻很難懂。早年嚴復（1853-1912）翻譯英國哲學家彌勒（John Stuart Mill,1806-1873）的名著《論自由》（*On Liberty*）時，一度不知道該怎麼翻譯，最初他使用的名詞是「在宥」，是用《莊子》〈在宥篇〉裡的定義：「聞在宥天下，不聞治天下也。在之也者，恐天下之淫其性也；宥之也者，恐天下之遷其德也。」「在宥」與「治」相對，是指鬆綁，指對國家不特別治理的意思，因爲一般人「治天下」只會把天下弄亂，使天下蒼生淫其性、遷其德，如此治天下，不如放任人民自安其性、各守其德來得好，所以「在宥」這詞很接近Liberty這個字在政治學上的意義。後來他參酌了日本人翻譯的名詞「自由」，然而他始終不滿意這個譯名，他認爲「自由」太過放大了自己，完全沒有注意人在享受自由時應顧慮到群己關係、彼此尊重，所以他到最後，竟把彌勒這本書用《群己權界論》的書名行世。

可見「自由」的定義很難下，「平等」亦然。但在中國，這些名詞成爲所有革命的最響亮口號，普遍的被正反兩派所信仰，都認爲二者是天賦的人權，不容扭曲剝奪。從二十世紀以來，自由、平等、民主、科學、解放、革命等等這些外來名詞，雖然定義龐雜、語意不清，但每個人都能琅琅上口，幾乎成了所有現代中國人的共同語言了。

近讀旅法伊朗哲學家亞罕拜格魯（Ramin Jahanbegloo）所著《以撒・柏林對話錄》（*Conversations with Isaiah Berlin*），書中作者訪問當代西方自由派理論大師以撒・柏林（Isaiah Berlin,1909-1997）。柏林的重要著作《自由四論》（*Four Essays On Liberty*）八〇年代就有中譯本了，是個中文讀者比較熟悉的西方學者。書中他有段論及自由與平等的談話，他說：

> 完全的平等意味著剝奪強者的自由。你當然記得，著名的無政府主義者巴庫寧，由於他相信平等，於是想到封閉所有大學，因爲大學能培養出智力超人的人，這些人可以在別人面前稱霸。這是平等主義的獨裁。蘇聯早期有些交響樂隊決定取消指揮，因爲他們反對所有的權威，其結果是藝術上的完全失敗。絕對的自由是可怕的，絕對的平等同樣可怕。

絕對的自由，讓自我無限擴大，到無視別人存在的時候，自由就出現了危機，每個人都無限的享受自由，其結果就是讓所有人都失去自由，這便是嚴復懷疑它的理由。平等也是一樣的，要個子高的硬與個子矮的一般高，只有削去高個子的雙腳，這樣合理嗎？權威也許值得懷疑，然而因懷疑權威把指揮都取消，那樂團只有「一人一把號，各吹各的調」了，根本無法和諧的完成演出。

所以自由與平等在實踐上當然要節制，在觀念上，也必須加入一些其他的條件，譬如古代希臘人規定，人只有在成爲公民時才能得到充分的自由，因爲公民知道必須與別人妥協才能在世界生存。同樣的，平等只指在法律面前，平等的目的在免於壓迫、免於專橫的統治，並不在限制人的智慧與能力。人在自由平等面前，不應先想到自我，而應先想到群己的關係，因爲沒有群體，人就沒有自由與平等的問題。柏林說：

我認爲如果沒有限制，就不會有和平，人類也會自相殘殺。一個生活在孤島上的人，如魯賓遜，是完全自由的。但星期五到來後，他們之間就有相互的責任感，這裡存在著一個執行法律的問題。康德往往是對的。一隻鳥會認爲，牠若在眞空中便可以更自由的飛翔，其實不然，牠會掉下來。任何社會都存在某些權威，這種權威就是自由的限制。

柏林說得很好，風看似阻止了鳥的飛翔，但鳥如到了一個完全無阻力的環境如眞空，反而更是無法飛行，這證明阻力有時其實是助力。自由與平等是一定要有所限制的，當那些限制完全消失了，自由與平等反而失去了意義。柏林的兩段話，應該能讓一般聽到自由平等口號就熱血填膺的人沉澱思緒。

新天堂樂園

義大利大導演安東尼奧尼（Michelangelo Antonioni）說過下面的一段話：

談論電影的未來並非易事。高清晰錄影帶會把電影帶進家庭，也許再也不需要電影院了。我們當代的所有體系都將消失。不會很快或很直接，但它必然將發生，我們無從作任何阻擋。我們只能調整自己去適應它。

這段話是安東尼奧尼在一九八二年夏天參加坎城影展時，由德籍導演溫德斯（Wim Wenders）主持拍攝的訪問記中的談話。安東尼奧尼說的是電影院，這個二十世紀大約風靡整個世界達六、七十年的地方藝術與娛樂的殿堂，將由電視所在的家庭客廳或個人的房間所取代，電影院裡聚集了許多不同的觀眾，時而喧鬧、時而靜肅，隨著電影故事的起伏，所形成一種高亢的集體情緒，也隨著煙消雲散。

對當代電影熟悉的人，會很難忘掉托那多雷（Giuseppe Tornatore）導演的影片《新天堂樂園》（*Nuevo Cinema Paradiso*）裡的一幕，電影院裡擠滿了小鎮的居民，隨著銀幕上的離奇故事而哄笑、而哭泣，情緒高亢的與戲劇化為一體，電影裡演出小孩見到母親，觀眾亦隨聲高叫「MA-MA-!」，電影結束，銀幕打出劇終的字幕，觀眾竟隨聲高呼「FI-NE-!」（義文劇終意）。故事裡的歡樂，感染了他們，使他們覺得快樂，故事裡的悲傷，使他們涕淚縱橫，讓他們知道這世界除了自己之外還有其他受苦的人，便學會了放鬆，對自己的苦難便不那樣耿耿於懷，這是電影發揮的治療作用，跟文學、藝術是完全一樣的。有所不同的是電影院裡進行的是「集體治療」，每個人除了受電影故事的啓發之外，還受周圍氣氛的影響鼓舞，在電影院裡看電影，對集體認同是有幫助的。

電影在臺灣也有盛況，在上一世紀的六〇年代，號稱極盛時期，全台電影院共有八百餘座，每座戲院一日平均演出四場，每場觀眾以二百人計，每日觀眾就有六十四萬人，光看這數字便十分驚人，因此進口洋片不計，六〇年代到七〇年代，二十年間「國片」就生產了兩千餘部。電影如果是工業，就顯示有強大的生產力，如果是商業，就顯示商機無限，如果是藝術，那就顯示表演的空間極為寬廣，任人在裡面揮灑自如的創造。

話雖如此，臺灣的電影業在當時並沒有創造什麼太大的藝術奇蹟。以資金及技術而言，不要說好萊塢，與日本比也瞠乎其後，而人文藝術的環境又不如歐洲及其他地區深厚，所以以人文取勝的片子，也沒有太大的成就，二十年來的兩千部的「國片」，絕大多數不是臺灣產品，而是香港產的以「國語發音」的片子。帶有本土風味的藝術電影也有幾部，但在比率上極少，除了獲得國際獎項，在臺灣上映，票房總是很慘，有時慘得令人不忍卒睹。

但無論如何，看電影總是愉快的事。我們這樣年紀的人，一生總有幾件與電影發生關連的美麗的往事。電影有時有「啓蒙」的作用，這跟看書、聽老師一席話而得到的啓發一樣，許多人都受到一部或者多部電影影響，讓他們開始或者重新估量他的人生。我有一個朋友告訴我，說他看了《阿拉伯的勞倫斯》後才「成熟」，他的成熟是指眞正長大成人，能夠體悟人生的道理，至於爲什麼是《阿拉伯的勞倫斯》，他說得不清楚，大概屬於個人的因緣際會吧。另一個朋友說他看過《將軍之夜》之後，才體會藝術的偉大，他看到影片中的梵谷自畫像，從此立志將梵谷的畫作做一番巡禮。正好這兩部片子都是彼得奧圖（Peter O'tool）主演的，我聽了他們的話，雖不明就裡，但對這個來自英國，早年以演莎翁戲劇著名的充滿神經質的演員注意起來，我得到的啓發不如他們的大，但終於發現，彼得奧圖確實是一個了不起的演員。

電影院沒落了之後，電影並沒有消失，但隨著讓它能在螢光幕上上映，只得調整步伐。電影越來越像電視上的連續劇，規模小而以離奇的劇情取勝。一個時代已經過去，任誰也沒有辦法挽回。附屬於那個時代的所有東西，也一個個的被帶走，終於一個也不剩，對於這件事，只有如安東尼奧尼說的：「我們只有調整自己去適應它。」面對變異世界的一切事，除此之外還有更好的方法嗎？

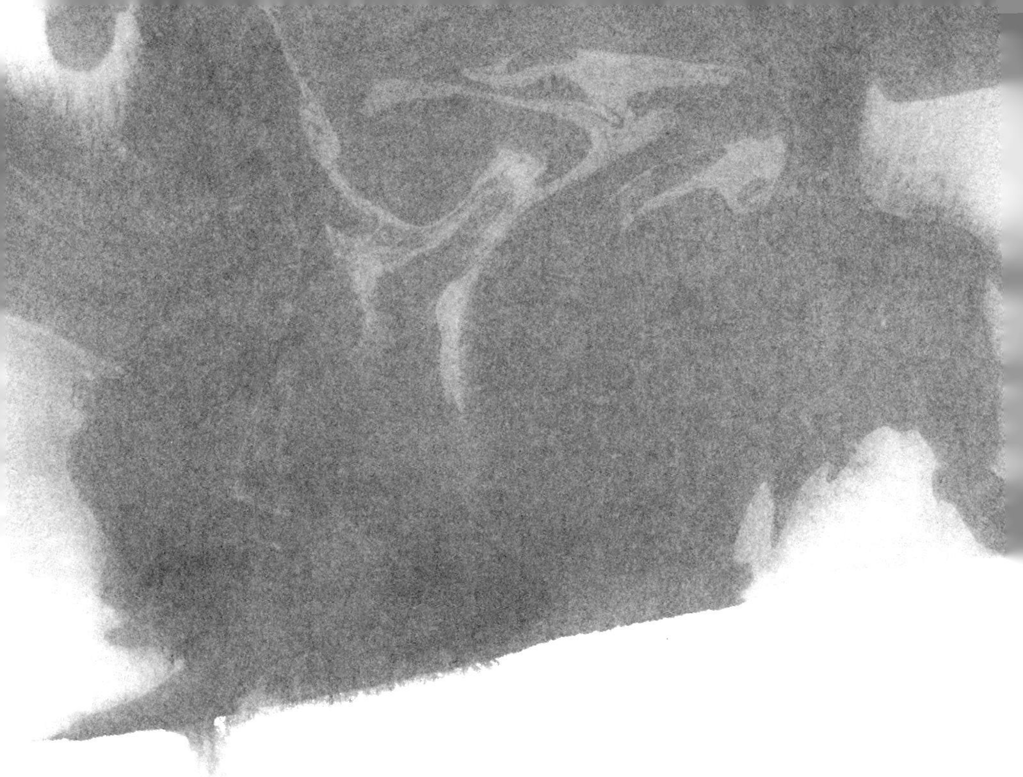

輯五．時光

汴京上元

古時新年慶典以陰曆正月初一爲核心，農業社會，時間很悠緩，這個慶典活動延續得很長，大約到正月十五，慶典才算正式結束，這樣算來，古人過新年，結結實實有半個月之久。其實還不只如此，新年前一周左右，就「臘鼓頻傳」的開始忙過年的事，正月十五鬧完花燈還要收拾，所以不是二十日或者更久，人是很難從新年亢奮的情緒中解放出來。

正月十五日古稱上元，原是道教的節日，唐、宋皆以道教爲國教，所以十分注意此日的慶典。上元自古就以燃燈結綵來慶祝，而燈綵在夜間更見輝煌，因此這個節慶的重點多放在晚間，民俗便稱此日爲「元宵」了。古代城市爲防盜賊，多於夜間實施宵禁，時刻一到，城門封閉，街上亦不許行人，唯獨元宵金吾不禁、城開不夜，此時民眾可通宵達旦，所以元宵燈會是一年中最盛大璀璨的慶典之外，也是古代最歡愉，甚至充滿怡蕩氣氛的一個節日。

近讀宋代孟元老著的《東京夢華錄》，其中對北宋京都汴京（今開封）的風土民情有十分具體的描繪，讀來令人油然有思古之情。孟元老的鄉貫生卒都不很清楚，他大約不是個典型的讀書人，也沒有做過官，著作除了這本書之外也沒有其他，所以生平不太能考。但《夢華錄》自序說：「僕從先人，宦游南北，崇寧癸未到京師。」又說：「靖康丙午之明年，出京南來，避地江左，情緒牢落。」證明孟元老是「外省人」，隨父（或祖）宦遊各地，後於崇寧癸未（1103）至建炎元年（1127），都住在汴京，共住了二十四年，序中特標「靖康丙午之明年」而不說建炎元年，似是強調國亡之痛。孟元老寫《東京夢華錄》的時候，當然在宋室南渡之後，當時黍離麥秀，文中多寓懷念故國的哀情。周煇《清波別志》云：「紹興初，故老閒坐必談京師風物，且喜歌曹元寵甚時〈得歸京裡去〉十小闋，聽之感慨有流涕者，故其時西北耆舊，談宣政故事者，爲人所重。」

因爲年假的關係，我特別注意《夢華錄》裡汴京新年慶典的故事，其中卷六有〈元宵〉一文，對元宵節慶的盛況，尤敘述眞切。文曰：

正月十五日元宵，……游人已集御街，兩廊下奇術異能，歌舞百戲，鱗鱗相切，樂聲嘈雜十餘里，擊丸蹴踘，踏索上竿。趙野人倒喫冷淘，張九哥呑鐵劍，李外寧藥法傀儡，小健兒吐五色水，旋燒泥丸子，大特落灰藥榾柮兒雜劇，溫大頭、小曹嵇琴，党千簫管，孫四燒煉藥方，王十二作劇術，鄒遇、田地廣雜扮，蘇十、孟宣築毬，……更有猴呈百戲，魚跳刀門，使喚蜂蝶，追呼螻蟻。其餘賣藥賣卦，沙書地迷，奇巧百端，日新耳目。

光是街頭賣藝雜耍，就熱鬧如此。至於燈綵之盛，更是「金碧相射，錦繡交輝」，汴京城中以燈爲山，上結綵飾，最奇的是還製造了人工瀑布，分別從大型的文殊、普賢菩薩手中流出，形成特殊效果，《夢華錄》中說：

綵山左右以綵結文殊、普賢，跨獅子、白象，各於手指出水五道，其手搖動，用轆轤絞水上燈山尖高處，用木櫃貯之，逐時放下，如瀑布狀。又於左右門上，各以草把縛成戲龍之狀，用青幕遮籠，草上密置燈燭數萬盞，望之蜿蜒如雙龍飛走。自燈山至宣德門樓橫大街，約百餘丈，用棘刺圍遶，謂之棘盆。內設兩長竿，高數十丈，以繒綵結束，紙糊百戲人物，懸於竿上，風動宛如飛仙。

孟元老不是一般的文學之士，但隻眼獨具，往往能寫出一般文人所寫不出的情境。孟元老筆下的汴京盛況，維持不了多久，遇到靖康之難，徽、欽二宗北虜而去，北宋就亡國了。東京的繁華，只有在夢中尋遇，這是書名《夢華錄》的立意所在。《夢華錄》自序說：「古人有夢游華胥之國，其樂無涯者。僕今追念，回首悵然，豈非華胥之夢覺哉？」所有的美麗的故事，豈不都像張岱在《陶庵夢憶》中所說的：「繁華縟麗，過眼皆空」嗎？

少陵草堂

昔時的少陵草堂現在大家都稱它爲「杜甫草堂」，連名帶姓的，一點都不在乎禮貌，這是目前大陸人對古人的態度，叫祖父跟叫孫子沒有什麼兩樣，多了也就慣了，並沒有人覺得有什麼不對。

杜少陵於安史之亂後，避亂入蜀，因劍南節度使嚴武與之有舊，少陵到四川算是依附他。少陵在四川成都前後住了四年，這是他一生中最平穩安靜的四年，「草堂」在當時成都的西郊，河渠縱橫，水澤處處，到處都是飛鳥，這可由他〈客至〉詩的首句：「舍南舍北皆春水，但見群鷗日日來」看出來。現在的「草堂」在市廛之中，算是成都的市中心，成天車水馬龍的，遊客不斷，完全不能還原詩中「花徑不曾緣客掃，蓬門今始爲君開」的景象。

今天的草堂，盛況空前，繁華富麗，大門直入，三進敞廳，其中第二進，竟然稱之爲「官廳」，導遊說此乃當年杜甫判事辦公的地方，令人哭笑不得。少陵依附嚴武，可能只任一幕僚之類的閒職，並無官守，何來官廳之有？第三進稱之爲「詩史樓」，詩史、詩聖，都是後世對他的尊稱，宋代江西詩派倡「一祖三宗」之說，少陵始有詩聖之號，詩史的地位也才告確定，所以今日所見之草堂，實爲歷代增修的少陵紀念館，當然不是少陵當年居住之舊制了。

三進堂皇大廳內，原有許多詩人題詠，是文學史上的重要材料，楹廊對聯精妙，亦多大師之作，唯不知什麼原因，已換爲現代人之作品，尤以共黨領導人之作爲多，文字草率，詞意不通，放在尋常處所都不合適，放在詩聖面前，當然成了笑話。最糟的是在詩史樓與所謂的「官廳」陳列了杜氏的塑像二尊，一具象、一抽象，以雕塑而言，尚不可謂不佳，但中式廳堂，置此西式雕像，覺得極端不倫。中共近年刻意維護古蹟，用心甚苦，但博通的文史人才欠缺，弄到雖處處古物，但古意蕩然。

詩史樓左後側，新修一獨立茅屋，據說是杜氏眞正之草堂所在，屋前花崗岩鏤刻少陵〈茅屋爲秋風所破歌〉，其中有句：「安得廣廈千萬間，大庇天下寒士俱歡顏，風雨不動安如山。」中共當局極力歌頌杜詩之「社會寫實」路線，認爲杜甫是「站在人民這一邊」、「站在被統治者這一邊，與封建專制的統治者對抗」，所以杜甫是社會主義詩人、是人民詩人，這些見解，不見得都不能成立，但如把杜少陵只看成與統治者對抗的戰鬥英雄，就有嚴重誤導之嫌了。杜之偉大絕不僅僅是「站在人民一邊」，其實他一向有「致君堯舜上，再使風俗淳」的想法，如果有機會，他是不放棄在政壇發展的，只是他遭逢喪亂，諸事不遂罷了。杜之偉大在文學創作，他的作品，既涵泳在溫柔敦厚的文學傳統中，又表現了極具開創意味的詩的風格，他的詩承先又啓後，既社會又個人，他的成就絕不是「社會詩人」、「關心民間疾苦」數語所能道盡。

〈客至〉詩的最後兩句是：「肯與鄰翁相對飲，隔籬呼取盡餘杯」，可見杜氏草堂，原有左鄰右舍，盡是農家風味的。現在的草堂成了一級的觀光據點，後人搭蓋的草堂硬塞進宮闈式的建築之中，左右農家則夷爲平地，鑿池鋪路，構此園林，遊人如織，但有誰能體會少陵當年的恬靜與落魄，有誰能了解千古詩人眞正的寂寞？

蜀地到底是少陵客居之地，四川雖好，他懷鄉的情緒一直很殷切，所以一聽到王師底定中原，就立刻打算返鄉，他有一首〈聞官軍收河南河北〉的詩，寫在草堂居住的時候，詩曰：

劍外忽傳收薊北，初聞涕淚滿衣裳。卻看妻子愁何在，漫卷詩書喜欲狂。白日放歌須縱酒，青春作伴好還鄉。即從巴峽穿巫峽，便向襄陽下洛陽。

可憐的杜少陵，一生流離，這是杜詩中最歡暢愉快的作品。少陵的還鄉夢並沒有完成，他終於出川，在經過三峽的時候，寫了〈登高〉、〈秋興〉、〈詠懷古跡〉諸名作，但他並沒有回到洛陽附近的故鄉，在他五十九歲那年，他客死在湖南的耒陽。奇怪的是，當我走過成都少陵草堂時，儘管心中一片憮然，而口中低詠的，卻是這首詩，尤其是像「白日放歌須縱酒，青春作伴好還鄉」，節奏那麼輕快的句子。

重九日

陰曆九月初九俗稱重九，又稱重陽。據說此日是一年陽氣最盛的日子，此日過了，天氣就逐漸走向陰晦，隆冬時至乎其極，然後又轉陽，成為一個循環。

此日雖然陽氣極盛，卻不是什麼好日子。道家認為任何元素在最盛或最弱的時候，都是危險的，《易經》上說的也是這個道理。人要爬至高處，最好在比一半高一點的地方停下來，此即所謂持盈保泰，超過太多就不好了，以「乾卦」為例，「九五，飛龍在天，利見大人。」是個極好的兆頭，但「上九，亢龍有悔。」龍飛到最高處，就潛藏有令其後悔的事。極端的好也是充滿危機的，能夠避免就該避免。

南北朝時有本筆記小說，名叫《續齊諧記》，其中有段記錄重九登高的故事，原文說：

汝南桓景隨費長房游學累年，長房謂曰：「九月九日，汝家中當有災，宜急去，令家人各作絳囊，盛茱萸以繫肩，登高飲菊花酒，此禍可除。」景如言，齊家登山，夕還，見雞犬牛羊一時暴死。長房聞之曰：「此可代也。」今人登高飲酒，婦人帶茱萸囊，蓋始於此。

據此記載，九月九日原是桓景一家有難，登高可以躲過災厄，後來這個災厄觀念愈傳愈大，變成所有人都須登高避難，所有人都於此日登高，就自然將此日變爲假日了。中國人有習慣把死去的人葬於山陵高處，登山時可能經過祖先的塋地，順便祭掃一番，終於成爲中國某些地方於此日舉行秋季掃墓的習俗，儀式與春季的清明一樣。一般中國人祭掃祖墳時氣氛通常是歡愉的，因爲一家團聚，祭品酒菜又可作飲食之資，加上重九日帶茱萸囊、飲菊花酒，秋高氣爽之日，在高朗之處作此野宴，何樂之如！

《續齊諧記》的作者是梁代的吳均，故事中的桓景與費長房是東漢人，可證重九登高的故事發生得很早。這個故事記婦人帶茱萸囊，後來也有變化。首先須了解茱萸是什麼，名叫茱萸的植物有三種：山茱萸、吳茱萸及食茱萸，前屬山茱萸科，後二者屬芸香科，不爲同類。但《本草綱目》說山茱萸可以「補腎氣，興陽道」；吳茱萸可以「起陽、健脾」，功能倒是十分接近。食茱萸又名欓、越椒，與椒、薑都是味道辛辣的調味食品，費長房叫桓景作絳囊內盛茱萸，應是指食茱萸的種子，而非茱萸花，將有特殊氣味的植物種子或根莖磨成細粉，盛於絲囊內，這是古代香囊的作法，可以除蟲豸、益香氣。到了後來，重九登高竟成了頭上插茱萸花，王維那首有名的〈九月九日憶山東兄弟〉詩中說：「遙知兄弟登高處，遍插茱萸少一人。」可見到唐時習俗已大有改變，據《續齊諧記》記載，費長房原叫桓景一家人都肩繫茱萸囊，到了南北朝時，成了「婦人帶茱萸囊」，到了王維時代，男人都頭插茱萸了，此時金風送爽，菊酒留香，登高望遠，確是另外一種景象。

民國之後，民間依然保有重九登高習俗，便將此日訂爲體育節，又因九九是兩個最大的數字組合，又與「久久」諧音，遂又訂爲敬老節。其實古代重陽登高，用的是陰曆，換算陽曆絕不是九月九日，現在的體育節是陽曆的九月九日，而敬老節依然放在陰曆重陽，表面看來有點亂，但重陽習俗，原不那麼確定，反正是秋天裡的一個節日。四季的觀念是因地制宜的，哈爾濱的秋天與高雄的秋天理應不同，重陽用陽曆算沒有什麼不可以。

雖然地處南國，但重九過了，天氣轉涼也就明顯了起來。寒暑之變，身體調適不當，是容易生病的，古人登高避厄，應指以運動促進身體健康。茱萸不論是花是實，或插或帶，應指人在氣候更迭時要處處珍攝，善加調護，有時可借重藥物，則疾病或可避免。從這一點看來，重陽佳節攜眷登山，帶茱萸囊、飲菊花酒，不但是健康又美麗的生活寫照，而其間，還充滿了無窮的象徵意味呢！

揚州雜記

揚州在中國是極古的地名，〈禹貢〉「九州」就列名其中。春秋時吳王築邗溝於此，名之曰邗溝城，《左傳》哀公十九年：「吳城邗溝，通江、淮。」此邗溝城至漢時已荒圮，時人謂之蕪城，胡三省注《通鑑》云：「魏曹丕登廣陵故城，即蕪城矣。」鮑照的〈蕪城賦〉描寫一座城市的興亡，指的就是揚州。

揚州古時又名維揚，又名淮揚，又名廣陵，李白〈黃鶴樓送孟浩然之廣陵〉詩中有「故人西辭黃鶴樓，煙花三月下揚州」句。此地古時轄區頗大，今天揚州以北的泰州、高郵，南部的儀徵都屬於揚州。在明代，揚州的土地到了長江邊，隔江與南京相對。儀徵在明前稱儀眞，元時稱眞州，府下原轄有揚子縣，長江又名揚子江，應與此地有關。揚子江在流過儀徵與鎭江之間，江心有渚名南泠水，此渚大大有名。唐時此地名南零水，茶聖陸羽品泉以此處江心所出爲天下第一，惠山、虎丘、虎跑雖爲天下名泉，與南零相較，尙須避一頭地。

揚州為歷史名城，使它名極一時的是隋煬帝開鑿運河、巡幸各地，到了揚州便不肯他去，他被揚州的富庶美麗迷惑住了，不想回到他自己所遷的東都（今河南洛陽）。正史認為隋朝在西元六一六年就亡了，而隋煬帝直到兩年後才被宇文化及殺死，死的地方就是揚州。到了清朝，乾隆六巡江、浙，皆以揚州為中途，揚州雖從未被定為首都，但在歷史上卻多與帝王有關。

揚州四周平坦，河渠縱橫，是交通要道，在軍事上卻無險可守，但因為是運河的中樞，再加上它是南京的北方屏障，自古即是兵家必爭之地。崇禎十七年（1644）吳三桂引清兵入關，清軍占領了北方，幾乎沒有遭受任何阻力，唯獨於次年在揚州發生了大戰役。此時揚州守將是史可法，當時可法是南京兵部尚書，相當於今天的國防部長，以國防部長的身分守一城池，可見揚州勢關全局了。史可法守揚州戰到最後一兵一卒，城破被殺，後人遍尋屍骨不獲，以衣冠袍笏葬之城中梅花嶺。

在清朝中葉以前，揚州是很繁華的都市，它距長江雖有五十公里的路程，但是南北運河的要站，北方的糧食多靠南方供應，而運河運輸是最主要的運輸方式，所以揚州成了漕運的中心。再加上揚州東北諸州縣盛產食鹽，揚州成了集散地，鹽商、漕商聚集此處。揚州除了是一個富麗的城市，它還是江淮之間的一個畸形的銷金窩，明清之際，揚州的聲伎有名全國，它也藏汙納垢的成為富商大賈買婢置妾的地方，沈德符的《野獲編》中有〈廣陵姬〉、張岱《陶庵夢憶》中有〈揚州瘦馬〉諸文記錄此事。但清朝中葉以後，海運逐漸代替了漕運，揚州也就慢慢衰頹了，不過還不至於成為蕪城。

揚州最有名風景是瘦西湖，有人以之媲美杭州西湖，其實根本無法相比。杭州西湖湖面寬廣，而此間則甚狹窄，這個湖原是由廢棄的一段河道疏浚而成，本身即爲一細長水面，故名之曰瘦西湖。但湖面波光瀲灩，兩岸夾樹桃李，風光旖旎，亦不在話下。尤其歷代帝王將相、文人雅士喜薈集於此，所留勝蹟，足堪憑弔。

瘦西湖北方有一平山堂，是北宋名臣歐陽修守揚時所建。其左爲天寧寺，爲揚州名刹。此寺歷年擴充，竟與平山堂相連，形成儒釋一家模樣，上題詠甚多。蘇東坡稱歐陽修爲「天人」，王安石說歐陽修「果敢之氣，剛正之節，至晚而不衰」，可見受當代及後世的景仰。現平山堂成爲一熱門觀光景點，大堂闢爲茶寮，間售所拓碑文，然拓工甚陋。

我曾兩度遊屐至揚。一次在清明前後，花紅柳綠，錦繡處處，一次爲蕭瑟冬日，氣壓甚低，寒風凜凜，算是體會到此地的四時景象了。一日朔風野大，我與友人漫步尋常巷陌，見一木門虛掩，推開爲一廣庭，前一敗落建築爲昔時之關帝廟，踅至廟後，見一木牌，上書「昭明太子文選樓」，字甚雅健，料方家所書，當時十分驚訝。文選樓他處亦有，本不稀奇，但揚州之樓淹沒在溷雜的市井之中，院中兒童嬉戲，四周落葉繽紛，群鴉昏飛，揚州古城，果眞是無處不風景呢！

狀元

臺大大門前一條巷子口，每當黃昏放學時，有一對喑啞夫婦在小攤上販賣糕點，那糕點是用蒸氣蒸熱著賣，冬日經過，暖甜撲鼻，往往引人駐足購買，是附近的一幅奇景。所鬻糕點，招牌寫著：「狀元糕」，令人不禁失笑，民間食品，名稱或眞有來源，或附庸風雅，不知此糕是哪位狀元吃過，或是經哪位狀元品題，無論如何，都令人興思古之幽情。

中國讀書人，從唐朝之後，幾乎沒有不作過狀元夢的。傳統戲曲、小說都把狀元描寫得神龍活現，彷彿一登龍門，就能呼風喚雨，要怎麼就怎麼了！這不是沒有道理，狀元是全國最正式、最高等考試的第一名，光是這個位置就叫人遐想不斷了。再加上狀元不是年年有，會試、殿試每三年才舉行一次，所以稀罕，宋朝之後，皇帝都會在皇宮賜宴新科進士，叫做「恩榮宴」，或「聞喜宴」，由於狀元是進士之首，就由他代表所有進士坐在皇帝對面的首席，只看如此場面，怎不令人欽羡？

如果把這「全國第一」看成學問最好的人，那就可能看錯了。考上狀元必須有一定的學問知識，那是當然，但古代科舉（尤其明代之後），考題多出在《四書》之內，把《四書》讀得爛熟，然後會寫標準的文章（八股文），就有希望中式。策論與應制詩，也都有規矩可尋，所以從科舉找眞正的人才，不是絕對不可能，而是可能性甚低，狀元只是考試順手罷了，不見得也是學問中的魁首。

古代科舉，舉國若狂，朝野看重，要想作弊很難，然而要說絕對公平也不一定。殿試的榜單由讀卷大臣草擬，交給皇帝欽定，照理說皇帝不是學問中人，這類事他大可不管，只要批「如擬」便完事。但偶有「大有爲」的皇帝，偏要干預考政，有時非要調整幾個名次，以顯示他大權在握，這就麻煩了，譬如明成祖永樂二十二年甲辰科，黃榜（又稱金榜，是公告新科進士的榜單）已寫就，狀元是孫曰恭，榜眼（第二名）是邢寬，成祖看到榜單突發奇想，說：「孫暴不如邢寬！」就把一二名兩人名次互調，這是皇帝看榜時，把「曰恭」兩字看成暴虐無道的「暴」字，而邢寬因爲邢與刑音同形近，變成刑法寬宏了。一人丟掉狀元，一人得了狀元，純粹是因爲名字的緣故，跟學問與考試反而沒有什麼關係。

還有一次因姓名而影響狀元排名的是在清代光緒年間，當時是由慈禧聽政。光緒三十年甲辰，讀卷大臣將前十名的卷子交給慈禧看，排在第一名的是朱汝珍，慈禧因痛恨珍妃，面露不豫之色。排在第二的是商衍鎏，他是旗人，但當時駐防廣東，慈禧討厭廣東人孫中山與康有爲，就遷怒所有與廣東有關的人，當然不肯把狀元給商衍鎏。最後她看到排名第六的名叫劉春霖，心中一陣暗喜，其一劉是河北人，不是她討厭的南方人，再加上北方正鬧乾旱，春霖兩字令她高興，遂把劉的卷子調到最前面，劉就成了中國科舉史上最後的一位狀元了。古人說：「一財二命三風水」，個人能決定的事很少，科舉狀元，似乎也靠命運。

狀元總給人憧憬遐想，小說裡的狀元似乎一定被招爲駙馬，然後平步青雲，一路順遂，其實古人早婚，狀元即使年輕也多已婚，很少有成爲駙馬的機會。至於在官途上，也沒有想像的好。甫得狀元，就依例被授爲翰林院撰修，翰林院是冷衙門，而撰修也不過正六品，在京城是個極低的位置，以後能否飛黃騰達，全看自己造化。王陽明的父親王華，是明代成化年間的狀元，官運一直不甚好，晚年雖授南京兵部尚書，但衙冷事少，完全是個閒差。張岱的曾祖張元汴是隆慶年間狀元，但只做到翰林侍讀，比王華還差多了。明代學者羅洪先、焦竑，學識淵博，著作等身，一個是嘉靖朝狀元，一個是萬曆朝狀元，但官都做到六品就致仕，以狀元可能達到的位置看，他們的成就便十分不濟了。

狀元夢，都是絢爛又多彩的，而現實的狀元，卻不見得如此。如此說來，下次路過臺大門口，還是用十元或二十元，買塊狀元糕吃吃比較實際！

故鄉的野菜

什麼是故鄉呢？對有些人而言，故鄉並不等於他的籍貫，他可能出生在外地，那出生地可算是他的故鄉囉，也不是必然，他如果在出生地沒待多久又搬走了，那個地方，他可能還一無記憶，所謂故鄉，怎麼是一個毫無記憶的地方呢？周作人（1885-1966）說：「我的故鄉不止一個，凡我住過的地方都是故鄉。」這話很有道理，故鄉對一些人來說，不只一個，但說凡住過的地方都是故鄉也有語病，住過不長、沒有什麼記憶可尋的地方，恐怕把定義放得再寬，也算不上是故鄉吧。

周作人在〈故鄉的野菜〉一文中，寫他小時在浙東故鄉吃過的一些野菜，包括薺菜、黃花麥果及紫雲英等，那些野菜，也許名不見經傳，但色澤與香味，充滿在他童年的回憶，這篇短文，讀來令人欣喜不已。他寫紫雲英，說：

> 農人在收穫後，播種田內，用作肥料，是一種很被賤視的植物，但採收瀹食，味頗鮮美，似豌豆苗。花紫紅色，數十畝接連不斷，一片錦繡，如鋪著華美地毯，非常好看，而且花朵狀若蝴蝶，又如雞雛，尤爲小孩所喜。

他文中的紫雲英，有點像臺灣鄉下農閒時種的油菜，油菜可食，但多數作肥田用，只不過油菜花是金黃色，與紫紅色的紫雲英不同。

我記得小時住宜蘭鄉下，也有幾種現在罕見的野菜，偶爾可採來作佐餐之資。其中有兩種很特別，都生長在鐵道兩旁的土坡上，只要想採就採，要多少有多少，從來沒人會管你，因爲太「賤」了，味道也不怎麼高明，其實是不太有人會去採食的。

一種是叫「馬齒莧」的植物，莖葉匍伏於地，葉片如小孩指甲，肥厚而多汁，顏色則是綠中帶紫，越近根部越是綠色，芽部則爲嫩紫色，所以採馬齒莧，只採前頭嫩芽的部分，綠色部分除了纖維太粗之外，味道還很苦澀。整體而言，馬齒莧並不好吃，這可能與鄉下人的「烹調技巧」有關，更可能是這菜根本上不了檯盤，大廚當然對之束手。在鄉下，只有窮人才對它有興趣，唐代詩人張籍曾寫詩諷刺他的窮光蛋朋友賈島，說他：「拄杖傍田尋野菜，封書乞米趁時炊」，我想，賈島所尋的野菜，可能就是馬齒莧一類的吧。

我忘了本地人是怎麼叫這種植物的，我曾聽小學工友、一個年紀很大的外省漢子老叫它「馬屎漢、馬屎漢」的，這不太雅的名字便陪伴我長大，直到我進入中年，有一天在一本討論本土植物的書中看到了「馬齒莧」這個名字，原來它可食、可藥，而且在極早的文獻上就出現過了，至於是哪一個文獻呢，我現在又忘了。

鐵道邊的野草中還有一種可食的植物，正式的名稱是蕨菜，是屬於孢子類的植物。蕨菜可吃的部分不是莖與葉，而是羽狀葉前捲曲的嫩芽，形狀有點像小提琴的琴頭。鄉下人是不叫它蕨菜的，都叫它「過貓」，這土氣的名字是怎麼來的，我亦不明究竟。

過貓可生食，把洗淨的過貓切碎了，和醋與鹽涼拌，是一道消暑的妙品呢。不過少時在宜蘭鄉下，一般人吃它並不講究，總是把它跟其他菜蔬一樣，在滾水中汆燙了，然後沾醬油吃。跟馬齒莧不同的是過貓有時可以在菜市場買到，足見它地位應比馬齒莧要高些的，不過也高貴不多，因爲價錢比蕹菜（空心菜）還便宜，無疑的，在人眼中，它還是十分低賤的菜色。

臺大大門對面羅斯福路的一條巷口，有家專賣滇緬菜的餐館，裡面有道過貓炒花生的小菜很吸引我，常常點食。他們的作法是把新鮮的過貓快炒一過，裡面加上醋，還有一種有特殊辣味的「雲醬」，起鍋前混上花生米，炒勻了上桌。這菜不但下飯而且下酒，配冰鎮合度的啤酒，尤爲順適。我幾次帶友人來此小吃，其中還有幾位是外國友人，他們都對這道菜的美味讚不絕口。而我吃的時候，卻想起宜蘭鄉下的生活，裡面有許多貧苦時代童年的回憶在其中呢。

冬茶

冬茶比較老凝，不像春茶青嫩香泛。冬茶也是香的，但初泡不容易發散出來，須要三泡四泡，香味才從茶水的底部慢慢逸出，冬茶的香味，似乎不是給鼻子聞的，而是由鼻腔與喉頭相連的深處來「體會」的。

同樣的茶種，冬茶茶湯的色澤較濃，茶在製作的時候，揉茶的工夫似乎下得較深，發酵的時間也許較長，冬茶比春茶總是捲曲得多，要泡開自然需時較長，等三四泡，茶葉才能完全舒展開來，由於過程比較緩慢，所以說冬茶總是比春茶耐泡。

我最近在讀《利瑪竇中國札記》，這本書是晚明天主教耶穌會教士利瑪竇（Mathew Ricci,1552-1610）所寫，書中有段有關茶的描寫，十分有趣，利瑪竇說：

有一種灌木，它的葉子可以煎成中國人、日本人和他們鄰人叫做茶（Cia）的那種著名的飲料。中國人飲用它爲期不會很久，因爲在他們的古書中沒有表示這種特殊飲料的古字，而他們的書寫符號都是很古老的。的確，也可能同樣的植物會在我們自己的土地上發現。在這裡，他們在春天採集這種葉子，放在蔭涼處陰乾，然後他們用乾葉子調製飲料，供吃飯時飲用或朋友來訪時待客。在這種場合，只要賓主在一起談話，就不停的獻茶。這種飲料是要品啜，而不要大飲，並且總是趁熱喝。它的味道不很好，略帶苦澀，但即使經常飲用也被認爲是有益健康的。

利瑪竇這段札記記得翔實而認眞。利氏最初飲茶，對茶的印象似乎不佳，他說：「味道不很好，略帶苦澀」，但這種苦澀，常常跟隨著中國人一輩子，成爲記憶中最深沉而又近乎甜美的部分。

利瑪竇，當時對中國茶的認識還很膚淺（他後來是否認識深刻了，因無他文佐證，只好不論），他說中國人飲用茶不會很久，因爲沒有茶的古字，這是他不了解的緣故。中國人開始飲茶，大約在秦漢之際，到了三國兩晉時期，由民間傳入宮廷，唐代飲茶已十分普遍，陸羽有《茶經》，盧仝有茶詩，到宋代，此俗已風行天下，在利瑪竇之前，茶在中國已有千餘年的歷史，怎所謂「爲期不會很久」？茶這個字確實比較晚出，這牽涉名稱改變的問題。中文在漢代尚無茶字，在尚未名之曰茶的時代，曾稱茶爲荼，《說文》曰：「荼，苦荼也。」荼原指一種有苦味的葉子，這一點，利瑪竇的判斷是不錯的。

利瑪竇說：「他們在春天採集這種葉子」，證明他看到人喝的是春茶。春天採茶最爲普遍，但江南茶四季可採，則是常識。茶隨四季氣候變化，雖同採一株，風味亦殊。冬茶老辣，香蘊潛沉，尤適細品。

學生劉君送我一罐冬茶，打開是黝黑毬卷的鐵觀音，我用一把舊紫沙壺沖泡，大約在第四泡過後，茶色開始暗紅濃郁，茶香蘊藉，將茶葉放在鼻前細聞，竟有一絲幽幽的乳香輕逸出來。窗外微風吹過，竹影搖曳，室內唱機正放著白遼士名叫《克麗奧佩特拉》（*Cléopâtre*）的獨唱曲，是由七〇年代紅極一時的女中音珍納貝克（Janet Baker）所唱。此曲氣格高華，貝克正值聲光燦爛的盛年，曲末描寫埃及豔后克麗奧佩特拉自殺死去，管弦樂在顫音中，女主角氣若游絲，最後眾聲俱寂，天地無言，空中留下的位子，由冬茶的氣味填滿。

京白

最近我讀蕭乾（1906-1999）的《北京城雜憶》，一方面覺得興味盎然，一方面又感慨繫之。《北京城雜憶》是本很小的小書，全書只有十篇小文章，其中記錄了他對北京舊城的回憶與思念。蕭乾文字的魅力，在於他使用的語言是「京白」，所謂京白，是一個在北京的知識分子所使用的一般語言，時間呢，當然不是指當下，而是指明清以來這個帝王鄉的語言傳統，不過也不能那麼精確與古老，總之，指的就是比較傳統又很一般的北京話吧。大陸目前流行的「普通話」與我們所講的「國語」其實是以京白爲基礎，修改了一些別地方的人所不易發的語音，刪除了一些只屬北京地區所使用的特殊語詞與語法。京白也不是北京土話，眞正的北京土話流行的範圍不大，懂的人不多。

京白雖不等同於北京土話，但帶著北京話的「土音」仍然很多，對於說普通話或國語的人來說，京白裡特殊的語音及語詞，仍然能夠產生迷惑及吸引的作用。不過，即使在北京，能說道地京白的人已經越來越少了，蕭乾在書中說，在五〇年代，北京要聽相聲之類的表演，還聽得到純粹的京白，到了七、八〇年代，連說相聲也只得說一般人聽得懂的「普通話」了，他說：

雖然未免有點兒可惜，可我估摸著他們也是不得已。您想，現在北京城擴大了多少倍！兩湖兩廣陝甘寧，眞正北京城早成「少數民族」啦。要是把話說純了，多少人能聽得懂！印成書還能加個注兒。台上演的，台下要是不懂，沒人樂，那不就砸鍋啦！

在北京待過一段時日的人，就算不能把京白說得這麼「輪轉」，也都懂得他在說什麼，不過對現在的青少年，這口語也須加以解釋了。文中「估摸著」即國語的「估計」、「估量」，如果估計、估量都不懂，那「我估摸著」就是「我想」、「我猜」的意思。「砸鍋」就表示把事情「搞砸了」，如果還不懂，「那不就砸鍋啦！」這句話就是「那豈不完蛋啦！」一樣的意思。

京白還有項特色，就是用兒化韻的字與詞很多（北京土話更多），對其他各地的人而言，會不會運用兒化韻，可視爲他會不會說正確北京話的試金石。蕭乾說：

正像英語裡冠詞的用法，這「兒」字也有點兒捉摸不定。大體來說，「兒」字有「小」意，因而也往往有愛昵之意。小孩加「兒」字，大人後頭就不能加，除非是挖苦一個佯裝成人老氣橫秋的後生，說：「喂，你成了個小大人兒啦。」反之，一切龐然大物都加不得「兒」字，比如學校，工廠，鼓樓或衙門。馬路不加，可「走小道兒」、「轉個彎兒」就加了。

但也有例外，譬如「老頭兒」、「老爺兒」也有加兒字的，那恐怕不是說他輩分高、地位高，而是提起他們時表示親熱。兒字除了表示小，還表示親切、關係深，在京白中問候人：「您身體好啊！」比不上：「您身子骨兒可硬朗啊！」來得親切有精神。

國語的基礎是北京話，雖然有所「改進」，把方言的部分去掉不少，然而京白中的兒化韻還是帶著一些進入國語之中。少時在學校學習國語，對少數的兒化韻都恐懼有加，根本不知該如何發音。臺灣很多地區使用閩南語，閩南語與中國南方語言中，都沒有這種發音方式。臺灣又受過日本統治，日語也沒這種音讀。國語中的兒化韻，寫起來是兩個字，如「花兒」、「子兒」，而讀起來是一個字，是把「兒」字連著前面的一個字連讀的，這一點鄉下的老師與我們全不明白。除了兒化韻我們念不出來外，國語裡的輕唇音如「飛」字，撮口音如「去」，我們都讀不出來。有一次，老師叫起一位名叫「息美義」的女生（她正確的名字是「徐美玉」），要她念一段課文，其中有這麼一句：「小鳥兒在天空飛來飛去！」她竟然念成「小鳥兒魯，在天空灰來灰氣！」

大家都沒笑，因爲沒人知道這樣讀錯了。我們豈不都是在這樣困頓的學習中間長大的嗎？

經幡

九寨溝的風景，絕對是超世界級的風景。既有巍峨的山，又有澄澈的水，山谷間的光線，朝夕萬變，加上樹的顏色、風的姿態、水的線條，你無法想像一個極簡單的事物，一下子變得那麼繁複縟麗起來，而那些複雜與變化，化在空氣中被人吸入肺腑，又能把人變得那樣簡單，心像被熨斗熨過，每個皺褶與不平都消失了，在裡面飽餐風景，人變得像孩子一般的純眞可愛。

記得有一年我旅行雲南麗江，麗江被水所繞，被水所穿，是個名副其實的「水城」，它的水源是城郊的黑龍潭，黑龍潭的水一部分來自玉龍雪山的融雪，另部分則是從地下湧出的泉水，黑龍潭的面積不算大，但因潭深而蓄水可觀，出水口水流奔騰之勢甚爲懾人。那次印象極深，平生所見水之清澈，以爲無過於此矣。但到了九寨溝，才知道什麼叫做水清，一處水潭深近四十公尺，水底泥石沉木，如浮水面，水不但不是阻隔物，反而變成了放大鏡，把水中鉅細的層疊橫展在眼前。再加上九寨溝的水中含有一種碳酸鈣的化學物質，能使水泛出一片青綠的顏色，那種寧靜的顏色，掩映在天光雲影之下，讓人覺得奇幻又莊嚴。

潭水深邃寧靜，游魚可數，彷佛是不動的，但一遇缺口，水便傾洩出來，形成湍急的溪流，飛奔到另一谷地，又成了如鏡的湖水。九寨溝的水有各種狀態，有各種色彩，又有各種聲音。小瀑布的水聲如雨，大瀑布的水聲如雷，而在腳下奔流的溪水，潺潺淙淙，令人聽來滌俗忘憂。

九寨溝是水的舞台，到那裡，只專心的欣賞水就夠了，世界上哪裡有那麼多的水的景色值得欣賞呢？但說是夠而其實還是不夠的，到九寨溝還須仔細的觀察山。九寨溝的山有的雄奇，有的秀美，而且一端出來就是大塊文章，一點也不小器，億兆噸的岩石與泥土堆積、矗立在你面前，使你屏息凝神，大氣不敢喘一聲。山頂雲霧繚繞，千萬年的歲月，沒有使它變老，而使它充滿了靈氣，在它面前，你無法不被它龐大的英氣所懾，我突然想起荀子說的：「不登高山，不知天之高也，不臨深谿，不知地之厚也。」高大與豐厚，原本就是偉大的生命力。

九寨溝原是九個藏族的聚落，裡面還住著藏胞。公園管理嚴格，下午五點之前全面「清場」，所有遊客都須出園，唯有住在裡面的藏胞無須離開。藏胞聚集之處總有藏式佛寺，有白塔，還有不論是廟宇或民房，都豎立著數不清的經幡。經幡用各種不同顏色的布作成，每種顏色代表一種意義，高掛在桿子上，迎風飄揚，上面印滿了藏語的經文，據說經幡每被風搖動一次，就代表上面的經文被人念了一次，這樣一天一夜，經幡如在風中飄動了一萬次，就等於立它的主人念經念了一萬遍，十天十萬遍，一百天就一百萬遍，所有立經幡的藏族人，很快就累積了點數，使他們很早就取得進入西方極樂世界的門票。

這樣的修行，這樣的果報，是不是得來太簡易了點呢？我問園內遊覽巴士的服務小姐，她穿著藏族服飾，卻是羌族人，她長得清秀，然而十分害羞，尤其在笑的時候，回答你問話，不敢正眼看你。她緩緩說：說要進西方極樂世界，並不是念一百萬遍經就可以辦到的呀！還需要供養活佛、供養僧侶，還需要行許多善事，譬如救人苦難、施捨、放生等等。我問她經幡上寫的經文是哪一種經文，她輕聲說她不知道，藏文原本是艱難的文字，不過她聽人說過，上面寫的大概是漢文裡南無阿彌陀佛之類的佛號，還有我佛慈悲、佛法無邊之類的，都是讚頌佛、菩薩的好話吧，她說：「反正菩薩跟人是一樣的，總是喜歡聽人說自己好話的呀！」說完，她低下頭，自己先笑了起來。

淪落

我有幾次在大陸搭火車旅行的經驗。大陸的長途火車分成四個等級，有「軟臥」、「軟座」、「硬臥」、「硬座」，顧名思義有多大的不同了。帶軟字號的，通常是爲外賓或者高幹所準備的，裡面自有天下，與現實世界比較無涉。坐「硬」字號的，可以與現實世界的普羅大眾接觸，在裡面可以看到不同的臉孔，聽到不同的聲音，聞到汗水、辣椒大蒜的氣味，還有飯盒、茶水和屁屎的臭味混合在一起的味道。當然裡面最「嗆」人的是菸，大陸各列車上都有禁菸的標示，「硬」字號的車廂則永遠是化外之區，任菸槍在裡面吞雲吐霧，大抽特抽，從來無人干涉。夏天尙好，因爲窗戶大開，冬天門窗緊閉，裡面就不好受了。一九八九年元旦剛過，我與友人搭杭州的夜車往上海，可能出了狀況，車在硤石站停了下來。我是「外賓」，坐在軟座車廂。我當時突然想到，硤石即海寧，是王國維和徐志摩的家鄉，便戴上帽子走下車，打算到月台上透透氣，看看能看到什麼。天空飄著細雪，月台什麼都看不到，旁邊長長的列車卻燈火通明，我突然察覺到硬座車廂是磨砂玻璃，與我們車廂是透明的不同，大陸同伴笑著說，哪有不同，全是裡面人多又抽菸給薰出來的呀！

搭乘硬車，會遇到許多意想不到的事，其中會有些不愉快，有時甚至令人氣結。一九九〇年夏天，也是夜班車，我從東北的牡丹江北行到佳木斯，我乘的那班車車廂十分簡陋，車行時搖晃得厲害，噪音極大，因爲疲憊的緣故，上車不久我就睡著了。一覺醒來，發覺緊抱在胸前的皮包已被人打開，證件散落，而其中爲數不少的美金港幣全被洗劫一空，未來旅途尚長，而我已身無分文，獨立蒼茫，一股奇特的淒涼感襲來。車過勃利站，幾個公安聞訊上車，盜匪並未尋著，只好「偵訊」起我來。他們把我「請」上列車最後一節車廂，那節車廂比我乘坐的更爲簡陋，一個年紀稍長的公安問我遭竊的經過，一個十分年輕，面孔俊秀但靦覥的公安負責記錄，大約問了半小時也問不出什名堂來，鄰座一些看熱鬧的發表意見，說這條線的竊匪是有名的多，旅客失了錢財，從來沒聽說找回過，公安無語，似默認這件事實。有趣的是公安問的最後的一個問題是：「你對人民公安有沒有信心？」我說：「我對你們維護治安的意願有信心，但能否破案，老實說沒有信心。」兩個公安都笑了。年輕俊秀的公安發了急，問了他長官兩次：「最後一句，該怎麼寫啊！」

旅行還要繼續，因爲有同伴，下車又尋到接濟，並沒有形成太大的困頓。但是此後我經常想起，尤其在簡陋的硬座車廂中常會想起，我眞的一貧如洗，我要如何從佳木斯到哈爾濱、從哈爾濱到北京，然後從北京乘飛機回臺灣我的家呢？假如我沒有同伴，下車也尋不到接濟，我要一家家的乞討嗎？或者爲了回家，我也不得不淪爲小偷、盜匪？當然我的知識和「身段」，不容我在文明的世界成爲宵小，然而萬一，文明已徹底毀滅了，世界回到原始的洪荒，「身段」當然也失去了附著的對象，這時候，你必須用叢林原則來謀生，吃人或被吃，在洪荒世界，生命便是那麼殘酷和簡單。

有一年夏天我和妻從長沙乘硬座到永州，車程大約五個小時，車廂內擁擠嘈雜，車廂外下著大雨。鐵路沿著湘江向南行，正是江南洪汛的季節，湘江已漲到極限，隨時可能潰決，空氣悶熱而潮濕。車上遇到三次乞討，都是呼天搶地式的，最後一次列車將到衡陽，一個狼狽萬端的漢子，突然在泥濕的走道上全身仆倒，用北方話大叫著爹呀娘呀，「能賞我一口飯吃，就是我的再生父母啦！」周圍人視若無睹，妻暗中按住我手，示意我不要輕舉妄動，我還是從袋中抽出一張票子給了他。我知道在陌生的眾人中拿出錢是極危險的事，但我當時想著上次在火車上失財的事，爲了回家，我也可能與這落魄的漢子同樣高聲叫乞，我轉首把心裡想的告訴她，問她：「這樣，你忍心不施捨些嗎？」

禮素

有一次，我請導生吃飯，發現了一些平日沒發現的問題。學校輔導學生，安排專任教師義務擔任導師，每個人底下，都有幾個到十幾個不等的學生作爲輔導的對象，這些在麾下的學生就稱作導生，導生與導師是相對稱的。

大學教師開課授課的方式，本與中、小學不同，有的開大班課，導生多是他課堂中的，所以彼此都還認識，有些開小班課，「生源」原本就不多，安排他導生必須湊數，則不說導師與導生可能不熟，甚至於學生彼此亦不認識，每次聚會，都免不了有自我介紹的儀式。

在飯桌前，我發現現代的學生都不太會說話，原不認識的，不曉得與初見面的打招呼，更不曉得寒暄問好；原認識的，就在座上開聊起來，大聲言笑，旁若無人。甚至一般進餐的禮節都不太懂，上桌前不知座次（也就是大位、小位），席間也不會讓菜、敬酒，我要他們互敬，有些又單手揚觶，一點也不懂恭謹的原理。當然，我是導師，應該教導他們，我便在席間教了他們，他們也還虛心承教，但是我想，這個「禮素」早該在少年時就養成了，現在到了大學、研究所還不會，這是不是表示我們的教育發生了問題呢？

「禮素」就指一般的禮節。禮節的含意很豐富，最簡單的定意就是讓旁邊的人愉快、舒服，否則就是不禮貌。現在青年喜歡說：「只要我喜歡，有什麼不可以！」別忘了，你可以，別人也可以，完全不顧周圍的人，人人成了刺蝟，相互刺傷，那有什麼好呢？

蕭乾在他的《北京城雜憶》書中回憶以前北京人說話恭敬委婉，他說：

往日誰給幫點兒忙，會說聲「勞駕」；送點兒禮，得說「費心」；向人打聽個道兒，先說「借光」；叫人花了錢，說聲「破費」。光這一個「謝」字兒，就有多麼豐富、講究。現在倒好，什麼都當「修」給反掉啦，鬧得如今北京人連聲「謝謝」也不會說了，還得政府成天在電匣子裡教，您說有多臊人呀！

看看這些「老北京」，光說聲謝也那麼考究。蕭乾寫文章的時候，正好「文革」剛過了十年，大陸經過文革後，什麼勞駕費心，什麼借光破費，都當成「破四舊」的對象給盡數破除了，弄得社會上連「謝謝」兩個字都不會說，蕭乾爲之痛心不已。照說臺灣並未經過文革破壞，傳統禮節還存在不少才對，而其實呢，也同樣可歎。臺灣近數十年來，個人意識高漲，個人意識高就往往忽略別人存在，禮節到了忽略別人存在的時候，就自然消失了。

蕭乾對於大陸文革所造成的禍害，痛心疾首到幾乎說出不堪的話來，這原是一個以「京白」

自詡的人所萬萬說不出口的。但禮儀淪喪，造成社會解體，這一點，蕭乾也看出來了，一九八六年，他爲日文版的《北京城雜憶》寫了篇序言，他說他「一肚子話沒地方消散」，就發起牢騷來，他說：

……每當我看到售貨員半邊笑臉迎人，半邊橫臉對顧客的時候，我就詛咒那幫打著「興無滅資」旗幟的傢伙們。他們把散發著芳香的花盆砸個粉碎，把好人能人插了招子拉到街上示眾，把上千年的古物砸成爛泥，最可怕的是把人與人之間異於禽獸的那種相互體貼謙讓消滅殆盡，把人間化爲大林莽。

蕭乾所批評的是經過文革蹂躪過後的大陸社會現狀，他認爲文革把人間的體貼謙讓消滅了，所謂體貼謙讓，豈不就是禮素的具體表現嗎？我以爲這一段話更值得臺灣社會的年輕人讀。禮節的儀式也許會因時代而改變，但道理是一樣的。它是維繫社會存在的重要因素，古時候常用「禮壞樂崩」表示大動亂的到來，當然，大動亂也許帶來改革，把社會改得更好，但也有一種可能，就是那個大動亂「反噬」掉人類的文明，就如同蕭乾說的，將人類帶回原始林莽的時代，那就十分危險了。

春茶

農曆驚蟄之後便是春分，然後便是清明、穀雨。清明、穀雨這一個月，是新茶採收的時節，製茶的人一年以這個月最爲忙碌，但很有代價，春茶上市，馬上會爲他們賺上白花花的銀子，對嗜茶的人而言，長期的苦待終於有了結果，清新的茶味，使得他們口舌生津、齒頰留芳，靈魂得以救贖，生命因而昇華。

這當然有點誇張，茶有這麼偉大的功能嗎？對嗜茶如命的人而言，一杯好茶，確實使他們精神舒緩，整個生命情調似被一泓清泉洗濯，從焦慮變成平和，從混亂變得有秩序，這跟基督徒藉禮拜聖事而重新獲得煥然的生命是完全一樣的。當然酒徒依靠酒也可能達到如此境界，但茶與酒不同的是，茶使人清醒，酒使人沉醉，酒徒靠忘卻來脫離痛苦，而茶卻令人廓清紛擾，讓人在絕對清明中超凡入聖，所以以態度而言，酒是逃避，茶是面對。

黃山谷詩：「中年畏病不舉酒，孤負東來數百觴。喚客煎茶山店遠，看人護稻午風涼。」「以茶代酒」，在唐宋兩代已成風氣。

《說文》無茶字，並不表示漢以前無茶，漢以前稱茶爲「荼」，《說文》：「荼，苦荼也。」當時人稱茶爲一種有苦味的飲品，所以又名苦荼，平時多當藥用。唐後，飲茶才日漸成爲生活風氣，陸羽寫《茶經》，已可見其盛況。

中國最早的產茶區在長江上游的蜀地，後來逐漸以長江中下游爲主。栽培茶樹需肥沃的土壤及充分的灌溉，長江的三大湖區自然成爲中心。洞庭有君山茶，自古即爲名品，鄱陽湖附近，亦爲茶區，長慶中，白居易貶謫潯陽，一夜聞琵琶女自敘滄桑，歌中有「商人重利輕別離，前月浮梁買茶去」句，浮梁今屬江西景德鎮市，在鄱陽湖東岸，在唐即以產茶出名。太湖周圍，更是重要茶區，中國許多重要茶種，都在此處栽培發展。到宋代，新的栽培區不斷開發，在北宋時，福建的武夷茶已成重要貢品，新茶上市，朝野爭購，豪門競逐，得一新品，炫奇誇耀，時謂「鬥茶」，蘇東坡有詩曰：「武夷溪邊粟粒芽，前丁後蔡相籠加。爭買新寵各出意，今年鬥品充官茶。」今天兩岸富豪競相購買極品茶葉，一斤有上探數十萬者，奢侈之習，莫此爲甚，不知這種風氣，在大約一千年前已經存在了。

綠茶以青嫩爲佳，所以多以春產標榜。綠茶茶湯因色澤淺淡，製作時須特別小心，泡茶時更重視用水及溫度，所以茶書裡出現的天下名泉，如惠山泉、虎丘泉、虎跑泉，大多分布在綠茶的產區內。在綠茶產區的春茶又有「明前」、「雨前」之分。「明前」指茶採收在清明節前，此時茶芽初萌，極爲細嫩，量少價昂，品質爲諸茶之冠。「雨前」指穀雨之前所採，略晚於明前，同一產區，如杭州龍井，明前必定優於雨前，但不能一概而論，有些產地較高寒，清明之前無法採收，所以最早之茶，捨雨前無其他了，唐詩有「雀舌未經三月雨」句，即指穀雨前所採的雀舌，爲茶中極品。

三年前曾旅行杭州，正是清明前後，便抽空到附近茶鄉龍井，打算在此品茗。不料大陸搞「改革開放」，連此一小茶村亦不放過，車一到站，即被迎入國營的茶葉公司，售茶小姐連騙帶哄的爲顧客洗腦，試飲小壺泡出的龍井，我因敗興，不覺有任何滋味。倒是一天上午與友人同登錢塘江邊的六和塔，回程經過虎跑寺，寺內有泉同名，我們便進入。此寺甚古老，北宋即爲天下名寺，民國時弘一法師在此剃度出家，更爲勝事，我於八八年來過，斯時寺爲野寺，泉屬荒泉，一片敗壞，令人不忍卒睹。十餘年後，虎跑寺已被整理一新，寺旁新修弘一紀念館，虎跑泉則刻意疏濬，旁搭一棚爲茶室，清雅舒適，改革開放不是全無好處。我與友人各點一杯龍井，指定是明前茶。此處龍井用玻璃杯沖泡，剛泡時，茶葉浮在杯口，不久，泡透的綠葉緩緩沉下，如落花飄零，極具姿態。我輕嘗一口，一種悠遠如歷史般的香味，從舌尖、喉頭沁入腦的深處，這味道，白香山、蘇東坡、張陶庵、俞曲園，還有許多有心人都曾經感覺過，當時我想。

文圖憶往

三十年，或者更久之前，我在臺大文學院圖書館看書，那時文學院圖書館還是獨立的，不像現在完全「併入」總圖了。文圖所在地是現在文學院後棟的下面一層，文學院後棟與前棟一樣，是棟長建築，長度大約有一百米，除了靠西留下三間教室，作研究室用，其餘的空間都是圖書館，所以文圖的空間還算不小的。

因爲是日據時代留下的舊建築，每層都建得很高，圖書館爲了放書、取書方便，就用鋼板隔成上下層，然而有趣的是這舊建築裡面，在門廳的地方常留有一些拱門，因爲關係整體結構，是不能打掉的。文圖的「夾層」二樓在通過這拱門的時候，只有委屈使用人彎腰俯身而過，當然會造成一些不便，不過現在想來，查書時偶屈偶申，頗類官場身段，也滿好玩的。

樓上放的，部分是日據時代蒐購自福建藏書樓的一些線裝書，有些是善本，大多是清代的刻本，每本書的首頁，都工整的蓋著「臺北帝國大學藏書」的印記。翻閱這些圖書時感覺是沉靜而愉快的，線裝書打開書函就有股霉味混著樟腦味的特殊紙香，思古之幽情油然而生。這些書蒐購來了之後，可能從來沒有人閱讀過，有些書可能有人翻過看過，但絕對是極少數的人，那些翻過看過這些書的人，當時「星散」何處了呢？

當時眼力尚好，夾層二樓的光線昏暗，大約兩排書架間，只有一支單管的日光燈，但古書字大，都還能看得清楚，唯獨新版的字小，外文書亦復如此，只得拿到燈下，才能展讀。

不論如何，閱讀總是愉快的事情。當時文圖沒有空調，然而外面即使是酷暑，室內也不顯得熱，冬天，外面朔風野大，裡面也不太冷，倒是夏日午後的蟬鳴，冬日樹梢的風聲，在裡面都感到不是那麼眞實，閱讀有時是逃離世界的方法。

當然，閱讀的目的不是逃離世界，而是藉著書本來了解世界，謝在杭說：「淒風苦雨之夜，擁寒燈讀書，時聞紙窗外，芭蕉淅瀝作聲，亦殊有致。此處理會得過，更無不堪情景。」所謂「此處理會得過，更無不堪情景」，大致是指於寒夜讀書，同時欣賞窗外雨聲，便足以了悟世事的眞實，能了悟世事的眞實，人生即使有再不堪的遭遇，也不會放在心上了，因爲完足與不堪，都是生命的一部分。

那樣的文圖大致維持了十餘年的光景，後來臺大進行校產整編，取消了各學院的圖書館，圖書及人員都併入學校的圖書總館，美其名曰「科際整合」。爲方便使用者檢索，卡片櫃全由電腦取代，查一本書確實比以前方便多了，管理上，效率也「神準」得厲害，借書逾期一日，即罰金若干元，由機器監控，毫不寬貸。善本特殊珍藏，不許外借，僅供微卷（micro film）查閱。如此管理，合理合法，既速且達，不能說不好，但鳥語蟲鳴，風簷展讀的味道就完全消失了。

後來新的總圖大樓完成，厚厚的窗簾，暗色的玻璃將外界的風景視爲干擾，必隔之絕之而後休，明亮的燈光，二十四小時的空調，盛夏在館內閱讀亦須備一夾克。圖書館成了一座「資訊」的供應站，快捷而準確的提供充分但冷冰冰的知識。

我突然想起明人吳從先說的：「讀史宜映雪，以瑩玄鑒。讀子宜伴月，以寄遠神。讀佛書宜對美人，以免墮空。……」對現代人而言，似乎是一種嘲諷。不要遙思古人，回想三十年前的文圖，便有隔世的感覺。

鳳凰木

有幾種樹木，特別容易提醒人季節更迭、時間流逝。當然所有的植物，都隨四季消長，如果仔細觀察，均可於其中理會時序，譬如榕樹、樟樹號稱常綠，四時亦各有姿態，並非可一概而論的，然而問題在「仔細」與否，榕樹與樟樹開花落葉都不太明顯，不仔細觀察，容易讓人覺得它們一直是這個樣子的。

鳳凰木就不同了。每到陽曆五月中旬，鳳凰木上紅豔的花朵就漸次開放，如野火燎原，一開始即有不可收拾之勢，大約半個月到一個月之後，整個樹頂，一片通紅，讓人不注意也難。

鳳凰木英文叫做 flame tree，flame 是火燄的意思，英文就直接叫它火燄樹。英文中還有兩個字與 flame 有關，大約是從它延伸演變出來的，其一便是 flamingo，指一種在非洲沙漠鹹水塘生長的名叫火鶴的鳥，這種鳥渾身粉紅，翅膀尖處羽毛甚至是大紅色，火鶴之所以是紅色，是因爲牠們主食的一種鹹水磷蝦身上有種使羽毛變紅的化學色素。另外一個與 flame 有關的字是

flamenco，指的是一種源自西班牙的煽情舞蹈，flamenco可以群舞亦可獨舞，節奏強烈，旋律熱情中帶有一點哀傷，舞時常以鞋跟重踏地板以配合音樂，女性舞者喜著寬裙，舞時常以手牽動裙角，作誇張及撩人的姿勢，有時手持響板，夯夯作響，將這種舞蹈斬釘截鐵的節奏表現得淋漓盡致。

不論火鶴或佛拉明哥舞，都有火燄、燃燒的含意，所以鳳凰花一開，就讓人意識到，如火燄、將燃燒的夏季即將來臨。

鳳凰木的原產地是非洲的馬達加斯加島，大約在十八、九世紀時由殖民宗主國法國帶來東南亞。由於它是熱帶的樹種，跟木棉一樣，它向北的生長極限便在北回歸線一帶，這樣說來，臺灣應該是它最北的生長區了。我不記得在其他地方看過鳳凰木，如果不是花季，即使看到也不會注意，我想在東南亞，或在熱帶亞洲，都會有這種樹才對。我曾在印象派畫家高更（Henri-Paul Gauguin）的一幅大溪地的寫生圖上，看到一株有火紅樹頂的遠樹，那樹我懷疑是鳳凰木。那幅畫的主題是棕皮膚的土著裸女，樹在固定的焦距之外，不是很清楚，但判斷那棵樹是鳳凰木是有道理的，因爲第一，大溪地是熱帶島嶼，其次，那個地方在高更去的時候正是法國的海外殖民地呢。

鳳凰木上的花，確實是盛大又美麗的，再加上它是喬木，在高大的樹頂上綴滿如火的錦繡，很容易形成奇觀。鳳凰木的葉子是「羽狀複葉」，每「羽」由十至二十對不等的小葉組成，遠看翠羽如蓋，極具風致，然而葉小如豆，落葉的時候，容易變成災難，它最會阻塞水溝，由於細瑣，極難清理，所以對工友而言，很難欣賞鳳凰木的美，反而一看到它就皺眉。我有一學期擔任服務課，負責帶領學生打掃環境，畫給我們的責任區是文學院與普通教室之間的通道，這條通道是學校人氣最旺的通道之一，總有不斷的行人與自行車經過，打掃起來相當吃力。不巧路邊靠文學院後院有一株枝繁葉茂的鳳凰木，在我們負責打掃的那個學期，它似乎天天都在落葉，天晴時還好，天雨或者地上潮濕的時候，它那細瑣的葉子總被牢牢的黏在地面，任你用什麼工具都無法盡數掃除，學生十分生氣，有一次賭氣說，趁著晚上把這棵樹鋸掉算了！

生氣的話當然沒有實踐，等你無須打掃的時候，鳳凰木又「恢復」它美麗的姿態了。今年五月下旬的某一天，我從普通教室三樓走下，突然見到那株曾被我的學生詛咒過的鳳凰木，頂層花的火種已被「點燃」，預計在此後的兩個月，校園的這一個區域，將會猛烈的燃燒。鳳凰花開，是學生畢業的季節，驪歌高唱一陣後，學校就因暑假而埋入岑寂，鳳凰花的火也會熄滅，到時候，整個夏天，陪伴這古老教室的，就只有聒噪又寂寥的蟬的鳴叫聲了。

後記

兩年前接近年底的時候，我十餘年前的學生黃耀寬寫信給我，說他正主編《臺灣時報》副刊，問我能否爲副刊寫些文字，最好是定期專欄性質的。我當時並沒有爽快的答應他，我因不時發作的頭痛及對時局心灰意冷，早已擺脫了某報的主筆工作，幾年來在《中華日報》寫的隨筆專欄「城市筆記」與「飛行之島」，也都因主編落職而擱筆，這麼一來，已是名副其實的自由之身，不須再入牢籠，俗語說：當過兩天乞丐，皇帝老爺都不想做，就這樣，教教書、聽聽音樂，日子簡易而快活。

然而黃耀寬的邀請，我不太好斷然拒絕，這因素不是客觀而是主觀，不是理由而是感情，原因出在「臺灣時報」四個字。大約三十餘年前，《臺時》由吳基福醫師在高雄初創，副刊由陳冷女士主編，我因與她有舊，便答應每周爲她寫一篇文字，那個專欄的名字叫「濯足閒話」，是用筆名發表的，總共寫了一年多，但畢竟時日邈遠，不提早就忘了。三十多年後，臺灣社會物換星移，早已認不出原來的模樣，而黃耀寬寫信給我，那個名叫「臺時」的故人又來隔山相招，彷彿世界變了而其實未變，人走遠了又回到了原處的感覺。

人如何能不聽歷史的招喚呢？於是那個取名「林間集」的專欄便開啓了。專欄名叫林間，當然存有歸與之想，陶淵明說：「田園將蕪胡不歸？」我無田園，只有偶爾漫步山間林莽，日光晴朗時，獨坐簷下展讀古書，這一篇篇文字，就是在這種心情下寫成。取名林間，原來還有點取法海德格（Martin Heidergger）的《林中路》（*Holzwege*）的味道，想寫些由世事觸發，寓有「哲思」意味的文字。但報紙文章，受限篇幅，無法開闔宏肆，想做深入批評，完全施展不開，所以只能淺論，不及深究，好在寫多了，自然形成一種線條，整體上，還是可以看出一些意思的。這個專欄原想寫一年就罷手，想不到竟連續寫了兩年，當然，稿寫多了，就不見得全登在一個報上，有時其他報紙刊物約稿，就拿手頭寫就的寄去充數，有時多寫了一篇，就會偶爾主動寄給他家報紙，似乎有意讓拙作多見一點「世面」的味道。較多刊登的是《中國時報》的人間副刊及《中央日報》的副刊，我在這兩家報紙投稿，其中一個原因是向國外的友人通訊，國外比較有規模的大學與圖書館，大都訂有這兩份報紙，兩年前，一位在歐洲大學任教的朋友來信問我是否還在「人間」，因爲他在《中國時報》的「人間副刊」已很長一段時間沒看到我的文章了，我得訊立刻寄一文給《時報》，以證明我迄今猶視息人世，尚未蒙天寵召而去。

出書的時候將書命名《時光倒影》，並沒有太大寓意，而是這本書裡談的，大多是有關歷史的人和事。無錫東林書院的大堂上高懸一副對聯，上寫著：「風聲雨聲讀書聲，聲聲入耳；國事家事天下事，事事關心。」我輩書生生於當世，不得不關心世事，但當今臺灣的世事，知識分子似乎一概管不著，世事也不讓你去管，套一位友人的話，是「說死了也沒用」。既然如此，我們不如把精力潛沉在更廣袤的閱讀世界，與歷史的人物交往，好在他們形體雖死而精神未亡，有些甚至獨立在蒼茫宇宙的一角，綣綣然、凜凜然的想與你傾談，想與你辯論，與當下社會有頭有臉的人物動輒拒人於千里之外正好相反。杜少陵曾說：「爾曹身與名俱滅，不廢江河萬古流。」歷史的好處是證明世界還有些屬於永恆的事情。

正在寫這篇後記的時候，妻在一角幫我整理歷年累積下來的各式名片，我不善交際，但二十年來，收到的名片竟也能把一個抽屜堆積得滿坑滿谷。在這堆名片之間，也可看出一些世事的徵兆來。一位現在是政壇與學壇的紅人，當年名片上登的，與我一樣只是個毫不起眼的角色，想不到幾年工夫就混上那麼崇高的位置；當然也有殘酷的對照，以前曾被看好前途的，現在卻並不怎麼樣，甚至還有些意氣軒昂的人，今天已落到走投無路、十分不堪的地步，命運眞是會作弄人呀！我最不喜歡聽到的是妻念出一個人的名字，而那位仁兄，已列籍仙班，早已成爲古人了。陸紹珩形容他寫的《醉古堂劍掃》：「此眞熱鬧場，一劑清涼散耳。」檢視抽屜裡的名片，有時也有服清涼散的作用。

不再寫下去，否則老友龔鵬程又以爲我性喜蕭索了。感謝印刻的初安民先生答應出版這本書，鵬程與柯慶明教授爲本書寫的序文，學生林慧君爲我原稿順體例、正錯字，還有許多朋友聽說這本書要出版時獻上的祝福。世道炎涼，有時不能只從一面去看，不一定要檢索整本的歷史，人依然有積極生活下去的理由。

二〇〇六年歲暮，寒風乍起之日

INK PUBLISHING 文學叢書 157

時光倒影

作　　者　周志文
總 編 輯　初安民
責任編輯　陳思妤
美術編輯　張薰芳
校　　對　吳美滿　周志文

發 行 人　張書銘
出　　版　INK 印刻出版有限公司
台北縣中和市中正路 800 號 13 樓之 3
電話：02-22281626
傳真：02-22281598
e-mail: ink.book@msa.hinet.net
網　　址　舒讀網 http://www.sudu.cc

法律顧問　漢廷法律事務所
劉大正律師
總 代 理　展智文化事業股份有限公司
電話：02-22533362 · 22535856
傳真：02-22518350
郵政劃撥　19000691 成陽出版股份有限公司
印　　刷　海王印刷事業股份有限公司

出版日期　2007 年 6 月 初版
ISBN　978-986-6873-21-8

定價　240 元

國家圖書館出版品預行編目資料

時光倒影／周志文著；
--初版，--臺北縣中和市：INK 印刻，
2007〔民 96〕面；　公分（文學叢書；157）

ISBN 978-986-6873-21-8（平裝）

855　　96005428

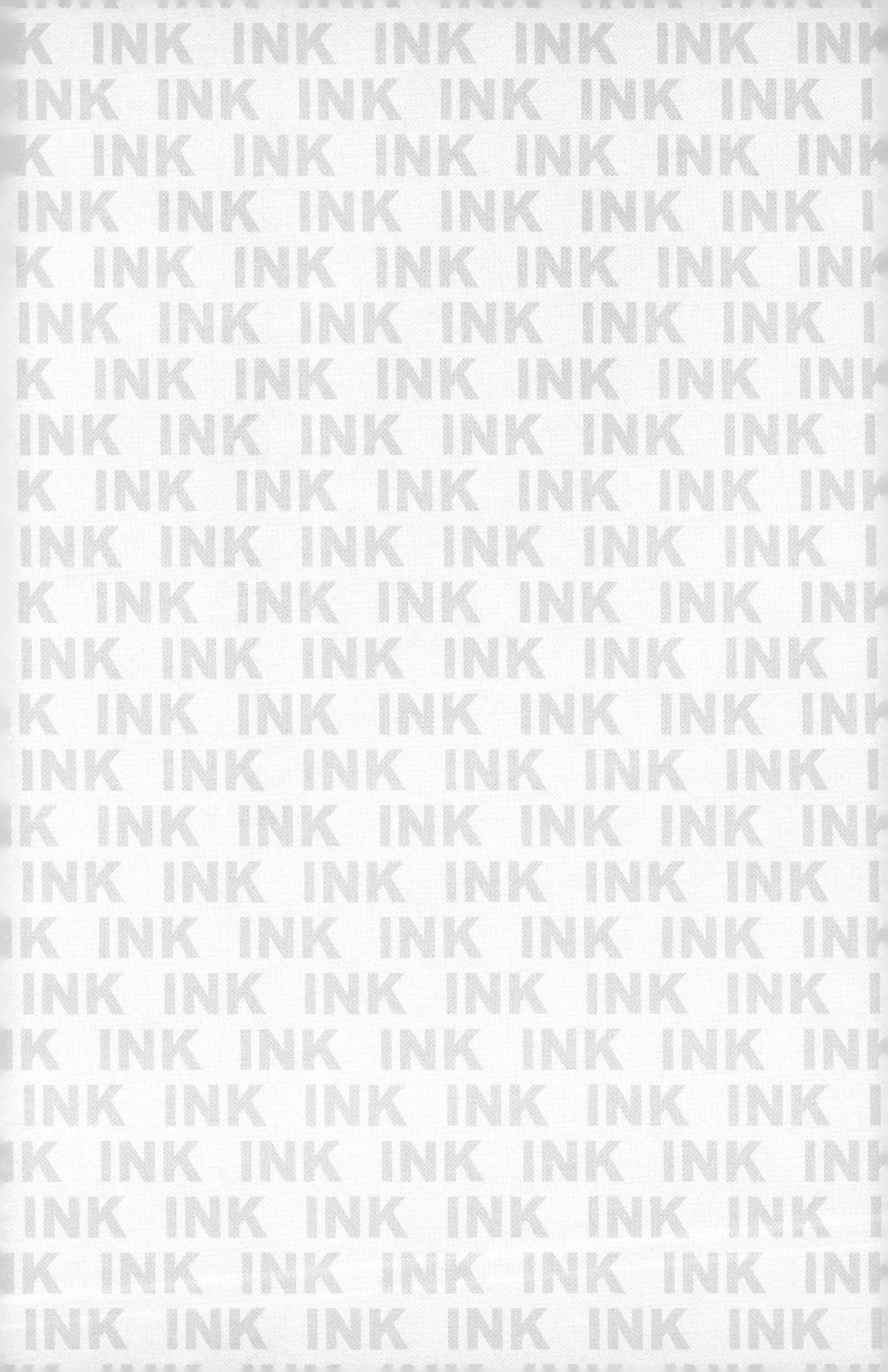